もう消費すら快楽じゃない彼女へ

田 口 ランディ

幻冬舎文庫

もう消費すら快楽じゃない彼女へ

もう消費すら快楽じゃない彼女へ　目次

I　もう消費すら快楽じゃない

II　生きるためのジレンマ

III　世界は二つある

I

もう消費すら快楽じゃない

ゴミを愛する人々

新宿で飲んでいて、またしても最終を逃した。

私は神奈川県の湯河原《ゆがわら》町という田舎に住んでいる。温泉は近いが東京は遠い、仕事で東京に出て飲むと必ず飲みすぎて最終を逃してしまう。そういう時は朝までカラオケなのだが、あいにくとその日は一人だった。一人でも飲みに行くほど酒好きだということだ。

新宿のゲームセンターで暇つぶしをしていたら、一人のホステスと知り合った。お互い連れがいなかったので、二人でゲーム対戦したのだ。それから意気投合して私の行きつけのバーに行った。午前三時を過ぎた頃、彼女が私に言った。「あたしの部屋に泊まれば？」

彼女の部屋は東中野だという。それじゃあ、ってことになってタクシーで彼女の部屋へ行くことになった。さすがに私も疲れてきて横になりたかった。もう一〇時間近く飲んでいるのだ。

「散らかってるけど、ごめんね」

直ちゃんは、そう言って二階建てのアパートの階段をカツカツ上っていく。私も後に続いた。直ちゃんは〝いかにも新宿のホステスさん〟って感じの子（ドドメ色の口紅と爪、茶髪のレザーカット、黒のレースのタンクトップ）で、丸顔色白、もちろん声は煙草の吸いすぎでハスキーボイス、年は二四歳ってことだった。

部屋には誰もいないのに電気がついていた。ドアを開けると半畳ほどの玄関にうずたかく積まれているのはコンビニの袋に入った無数のゴミだった。そのコンビニの袋のゴミは玄関から部屋に続く狭い通路をびっしりと埋め尽くし、さらに奥の部屋のいたるところに転がっていた。直ちゃんは「まったくもう！」とか言いながら、そのゴミ袋を足で蹴散《けち》らして、サンダルを脱ぎ捨てると「どうぞ、どうぞ」と私に手招きする。入っていって驚いた。だってその部屋はほとんどゴミ捨て場と化していたんだよ。ゴミと洋服、それしかないんだ。大量のゴミと洋服！　六畳一間のそのアパートのベッドの上には無造作に派手な洋服が積み上げられ、ベッドの下はゴミだらけ、テーブルの上は食い残したコンビニの食べ物の残骸《ざんがい》で埋っていた。

「なんか忙しくて、なかなかゴミが捨てられないのよね」

そう言いながら直ちゃんは私のためにゴミを寄せてスペースを作ってくれた。正直言って、その部屋はちょっと臭かった。

「よくぞここまで、ゴミをため込んだわよねえ」

私はゴミの中に体を小さくして座り、部屋を見回した。この部屋には食器とか料理器具とか、そういう生活に必要なものはほとんどなかった。あるのは洋服とゴミなのだ。

以前、ニュース番組で「ゴミを拾い集める老婆」という特集を観た。その老婆は自分の住んでいる一軒家の庭先に大量のゴミを放置していた。そのゴミを、なんと老婆はゴミ捨て場から拾い集めてきていたのだ。ゴミは庭を完全に埋めつくし、ついには老婆の自宅の戸はゴミの山によって開かなくなった。近所からは「臭くてたまらない」という苦情が殺到。区の職員が捨てるように説得に行っても老婆は決して話し合いに応じない。庭にあるゴミは財産と見なされるので行政が勝手に処分することはできないらしい。

いったいなぜ？　なんの目的でゴミを拾い集めて自宅に放置するのか？　誰が聞いても老婆は答えない。その理由を彼女自身もわかっていないみたいだった。ゴミは腐敗し悪臭を放ちハエが発生し、衛生的にもかなり最悪な状態になりつつあった。みんながほとほと困り果てていた時に、救世主が現われた。

それは区の女性職員。一人の若い女性職員が、毎日毎日老婆の家に通い、ゴミのことなど話題にせずにただ話し相手になったのだ。最初はかたくなだった老婆も、日参しては世間話をしていく女性にだんだん心を許すようになる。そして、約三カ月をかけて、ついに女性はゴミの撤去の承諾を得るのだった。

トラックが何往復もして運ばねばならないほどのゴミが庭に堆積《たいせき》していた。撤去されるゴミを、老婆はせつなくて見ていることができないようだった。「もう、これからは、ゴミをためることはないですよね？」

テレビのレポーターが質問すると、彼女はこう答えた。

「わからない。また拾いたくなるかもしれない」

拾いたくなる……。確かに老婆はそう答えたのだ。ゴミを拾いたくなるって。

「ねえ、どうしてこんなにゴミをためちゃうの？　汚くて嫌だなあって思わない？」

「うーん、思うんだけど、なんかめんどくさいんだよね。部屋に帰って来るとネジが切れちゃったみたいになって何もしたくないの。すごくダルいっていう感じ。それになんか散らかっている方が落ち着くし」

「カレシとか、いないの？」

「前いたけど、別れた。今はいない」

「カレシがいた時はどうしてたの？」

「向こうの部屋でいっしょに住んでた。ここにはたまにしか帰って来なかったから。それよりさあ、ランディさん明日帰るの？　もう一晩泊まっていけばいいのに。明日はあたしの店に飲みにおいでよ」

洋服とゴミに埋もれながら、直ちゃんはレディス・コミックを読んでいた。テレビもあまり見ないんだそうだ。夜の勤めだから連ドラも見れないしさー、と口をとがらす直ちゃんは、無気力なわけでも、元気がないわけでもない。どちらかと言えばぎゃはははと明るいタイプの女の子に見える。でも、彼女が背負っているこの寂しさは何なんだろう？　寂しさというよりも人恋しさだろうか。見知らぬ私を泊めて、さらに明日も引き留めようとする猛烈な人恋しさ。

何かで埋めている。いつも埋めている。誰かといっしょにいれない時、自分と向き合わないために、心を埋めている。常に埋めている。そんなふうに見える。埋めること、それが直ちゃんの隠れたコンセプトなのかもしれない。なにか底無し穴のような果てしない虚無が彼女にあるんだろうか？

すうすう寝始めた直ちゃんは、化粧も落とさない。彼女の化粧はまるで死に顔のようだ。自分を死に顔にメイクしてるみたいに見える。この若さで、すでに彼女は死を内包しているのだろうか。そういう世代なのだろうか。直ちゃんは、無欲ですごく純粋、私よりずっとピュアに見えた。ゴミを溜めているのに、このゴミは彼女の無欲の現われのように思えた。ぎりぎりの生産性で生きている。彼女は何もしない。

もう消費ですら彼女にとっては快楽じゃないのだ。

通り魔事件と新聞専売所

九月八日は蒸す日だった。人間を入れた土鍋にスモッグで蓋をして火にかけたように暑かった。東京の暑さは町に蒸されている暑さだ。頭がホワイトアウトしそうになる。午前一〇時四〇分頃、池袋の路上で二三歳の男性が通行人を襲った。男は包丁と金槌《かなづち》を持って、通行人を無差別に襲い、被害にあった方のうちお二人が亡くなった。

私はこのニュースを新幹線の車内の電光ニュースで知った。「男は元新聞販売店勤務……」。その文字を読んだ時に、なんとなくぼんやりとこの二三歳の男のイメージが浮かんだ。というのも、私は一八歳から一九歳までの一年間、都内の新聞専売所に住み込みで働いていたからだ。

かれこれ二〇年が経《た》つけれど内実は昔とそれほど変わってはいないんだろう。専売所という世界は独特な世界で、あの場所で経験したことはなかなか忘れ難い。

この話をすると必ず「田口さんって苦労されたんですね、女性なのに」といたく同情される。どうも「新聞配達」という職業は「貧乏人かはぐれ者」が就く苛酷《かこく》な職業だと思われているらしい。確かに、私は高校を卒業して大学に進学するために奨学金を貰《もら》って専売所に勤めた。親は私が地元を離れることに反対して、学費など出さないと言う。ハナから親の世話になる気はなかった。

高校の担任に「親の世話にならずに大学に行く方法がありますか？」と聞いたら、担任が「新聞奨学生ってのがある」と教えてくれたのだ。「私、自転車に新聞を積んで運べるかなあ」と言ったら「大丈夫だ。女の子は飯の賄《まかな》いをやるんだ」と言う。

ふーん、それは面白そうだなと思った。というのも私は昔から他人と職業観というのがズレていて、一番なりたい職業はホステスで、次が作家で、次がお手伝いさんだった。お手伝いさん、旅館の仲居、役者、精神科医、庭師、芸者、そういう職業が私の憧れの職業であり、できれば死ぬまでにいろんな職業を転々としたいと考えていた。

高校の時に初めてやったアルバイトは笠間稲荷《かさまいなり》でダルマを売ることだった。以来、宴会場のお座敷係、漢方薬屋の助手、神社の巫女《みこ》と、変なアルバイトばかりしていたけれど、何もかも面白かった。働くって楽しいなあと思っていた。

なので、新聞専売所で新聞少年の飯炊き女をやる、というのはなかなか私にとっては魅力的な職業であり、人生の門出にふさわしいと考えたのだ。

私が配属された専売所は、学生の男の子が八人、専従の社員が三人、それから私と、所長と奥さん、という構成だった。男の子たちは、なんと八人のうち五人までが浪人生だった。しかもそのうちの三人はすでに三浪以上で、この人たちは本当に大学に行く気はあるのかしら？　と思った。

残り三人は専門学校に通っていた。出身は沖縄から北海道まで、てんでバラバラ。一番年上の子で二二歳だった。彼は青森出身で四浪目。来年ダメだったら田舎に帰ると言っていた。

新聞配達の朝は早く、朝三時前には新聞が届く。すると、新聞配達はチラシの折り込みというのを手作業でやる。最近は機械がやってくれるが、この頃は手作業で、何十枚というチラシを手で新聞に折り込んでいくのだ。手間がかかる。

その新聞を自転車に積み上げて配達に行く。だいたい朝六時半くらいまでに配達を終える。早い人もいれば遅く出る人もいる。私は四時半くらいから朝御飯の支度にとりかかる。毎日一四、五人分の食事を作っていたので、いまだに炊き出しは得意だ。

全員の食事が済んだら後片づけをして、そしてその日の夕飯の食材をメモしておく。するとそれを奥さんが買っておいてくれる。夕方は六時くらいまでに食事を用意する。片づけが終わるのは八時前くらいになる。

毎日毎日来る日も来る日も飯のことを考えていた。今日の晩飯は何にしようか。明日の朝飯は何にしようか……。一カ月の食費は決められているので、やりくりが必要になる。家計簿をつけているようなものだ。主婦になった今はそんなもんつけたこともないのに。

全員の朝飯が済んで、後片づけも終わり、さて学校に行こうかと思っている頃に電話が鳴る。これが「不着」の電話である。「新聞が届いてないんですけど」と怒鳴られる。それからが大変である。新聞少年のアパートは販売所の近所に分散しているので、そこまで起こしに行く。当時、誰の部屋にも電話なんか引かれていなかった。

新聞少年は配達が終わると寝てしまう。なにしろみんな浪人だからルーズである。その寝ている新聞少年を「不着ですよ〜!」と叩き起こさねばならない。なかなか起きない。やっと起きて来ると機嫌が悪い。

再び専売所に戻る。するとまた次の電話がかかっている。メモが置いてある。奥さんだ。「小松君に不着の連絡、伝えてください」とのこと。小松君の部屋まで走る。叩き起こす。これを繰り返していると、私はいつまでたっても学校に行けないのだった。

この専売所の奥さんは美人だけれど神経質な女性だった。お見合いで所長と結婚してまだ二年目という。あまり新聞専売所が好きでないらしく、ほとんど顔を出さず部屋の奥に引っ込んでいる。痩《や》せていていつも顔色が悪く、年齢は三六歳くらいなのだけれど子供はいなかった。

専従の社員は専売所の二階に住んでいた。一人は吉田さんという癲癇《てんかん》持ちの男性で、年齢不詳だった。この人はときどき発作を起こす。私はここで初めて癲癇の発作というのを見て心底怖かった。いきなりドターンとひっくり返るや、口から泡を吹き出し、今にも死にそうである。

すると御主人が「大丈夫だ、ぞうりを頭にのせてやれ」と言う。本当かいなと思って、スリッパを頭にのせて見守っていたら、そのうちケロリと元気になった。「配達中に倒れたら危険ですよねえ」と私が言うと、御主人は「だから内緒だ」と言った。新聞社の専売所担当者には内緒にしろということらしい。

この吉田さんは、私と二人になると覚醒剤の話ばかりする。「お前よ、覚醒剤ってのは本当に気持ちいいんだよ。なんていうかなあ、頭がよ、ぱーーっと青空になったみたいなんだよ。すかあっとしてよお、晴れ晴れすんだよ。俺はよ、いつも頭のなかがもやもやしてるんだけどよ、あれやったときは本当によお、生きてるなあってわかるんだよ」

吉田さんは嘘つきだったので、本当にやってたのかどうかは知らない。でもうっとりするような目で語っていた。この人の頭のモヤってどんな感じなんだろうって、思った。虚弱で顔が吹き出物だらけでいつも不潔だった。でも優しい人だった。「俺はいつ死ぬかわかんねえ」が口癖だった。彼はここに一五年勤めていた。

もう一人は長田さんという人で、この人は遊び人だった。ブラブラブラブラゴロゴロゴロゴロしている人だった。一見、ちょっとした優男《やさおとこ》である。寝ころんで本ばかり読んでいる。しゃべると博学だ。なんでも九州の某市会議員の息子で家はすごく金持ちなんだそうだ。

なぜドロップアウトして住み込みで新聞配達をしているのかわからないが、かれこれ一〇年、ここに勤めているという。マイペースでシニカル。達観しているのか屈折しきっているのかわからない。一度、勤め始めたばかりの頃に花見に誘ってくれた。缶ジュースをおごってもらい「俺のみそ汁は薄味にしろ」と言われた。

そして増田君。増田君は元不良で、高校を中退して以来新聞配達をやっている。私と同じ年のくせに頭にパンチパーマをかけて金のネックレスをしていた。喧嘩っ早くて怒ると暴れる。遅刻の常習犯。一度、路上でいきなり抱きついてキスされたことがある。手も早いらしい。が、男の子がたくさんいたけど私に手を出してきたのは増田君だけだった。あとはみんなすごく真面目な子たちだった。

専売所というのは慢性的に人手不足で、いつも求人していた。だけれど、新聞少年以外の配達員は、入れ替わりが激しい。だいたい三カ月から半年で辞めていく。入れ替わり立ち替わりいろんな人がやって来た。

私はご飯の支度をしているので、そういう人たちとも必ず顔を合わせる。人としゃべりたくない人は時間をずらして食事をしてさっといなくなる。年の近い新聞奨学生のグループはみんな仲が良くて、よく飲みに行ったりしていた。だけど、外部から求人を見てやって来る人は年齢もさまざま、事情もさまざまで他人との接触を避ける場合も多い。

一七歳の少年が入ったことがあった。本来なら高校へ行っている年だけれど、いじめにあったとかで高校をやめて専売所に入って来た。彼の両親は特別な宗教を信仰していて肉類を一切食べない。彼はいつも一人で「グルテン」という大豆で作った肉というのを料理して食べていた。

一度食べさせてもらったことがあるけど、なんだかくちゃくちゃしていて味気なかった。彼もその宗教を生まれた時から信仰しているのだという。生まれた時に子供が宗教を選ぶわけはなく、親に強制されたのだと思うが、もう彼の価値観は信仰でガチガチで、魂は悲鳴をあげていた。

ある朝、彼は新聞を積んで配達に出かけたが、何を思ったのかいきなり「うおおおおおおお」と叫んで、新聞を空に放り投げてバラまいた。まだ明けやらぬ青いしじまの中で、彼のシルエットが狂ったように新聞をぶちまけていた。人がキレるという瞬間を初めて見た。生きるのは壮絶だなあと思った。

能勢さんという男性は、ずんぐりしたのっぽで髪が長く、まるでインディアンみたいな風貌だった。動作が鈍くて、不着が多く、ほとんど口をきかない。配達の順路がなかなか覚えられず、何日も主任に同行してもらっていた。順路を覚えた頃に忽然《こつぜん》と消えてしまった。言葉をほとんど聞かなかった。こういう人は新聞少年からも嫌われる。

吉岡さんは、美大の万年学生だったが、ついに除籍になったという。絵をあきらめきれない。油絵を描きたい。だが絵を描いても食えない。新聞配達をしながら昼間は創作をしようと思って専売所に来たが、ひどいスランプに入っていて、全く描けない。マッシュルームカットで女の子のような優しい顔をしていた。

「何もしないで一日が終わると、すごい自己嫌悪を感じるんです。でも、何も描く気になれない」

と、ある日彼が台所でコーヒーを飲みながらつぶやいた。私はなぜだかとっさに「吉岡さん、ここに居ちゃダメですよ、ここに居たら描けないですよ、創作するなら新聞配達はダメです」と言った。

なぜ自分がそんなことを言ったのかよくわからない。つい口から出た。でも、今ならそれがよくわかる。当時一八歳の私ですら、この場所は創作には向かないと直感していたのだ。人間にとって、明け方三時から七時と夕方三時から七時は、非常に集中力の上がる時間帯なのだ。それを配達という仕事にとられたら、よほど強い精神力がないかぎり別のことには集中できない。そう思う。

しかも、新聞配達員には「集金」という義務がある。これが新聞少年を苦しめていた。新聞料金を八〇パーセント集金しないと給料が支払われない。だが、都会の住人は夜も居ないことが多くてなかなか集金が思うようにならないのだ。かといって夜中や早朝に行くと「非常識」と怒られる。

今はどうか知らないが、当時は「新聞勧誘員」という人がたくさんいた。専売所にもよくやって来た。彼らは新聞社の社員ではない。「専売所」ごとの契約である。だから、その専売所と契約さえすれば朝日だろうと読売だろうと、どこの新聞でも勧誘する。勧誘することが仕事の集団なのだ。

なぜか「ひまわり会」だとか「たんぽぽ会」とかいうかわいらしい名前がついている。が、やってくるメンバーはちょっと強面《こわもて》のお兄さんばかりだった。ときどき専売所でお茶など飲んでいく。そういう時に出る話が怖い。

「俺が高校の頃はよ、よく女を樹《き》に縛りつけてみんなでまわしたもんだけどよ」みたいなことをヘラヘラと茶飲み話に話すのである。「そんなひどいことなんでしたんですか？」と私が聞くと「なんでって、不良の世界はつきあいがすべてだからさ、先輩がやるって言ったらやらんわけにはいかんのよ、つきあい悪い奴は信用されない」「ふーん、そういうものなのか」「不良も苦労多いのよ」

一八歳だった私には人間がよくわからなかった。良い人と悪い人はどこで分けたらいいのだろうか。もし樹に縛られた女が自分だったとしたら、私はこの人を憎む。でも、今、目の前にいる男は日焼けした顔で麦茶を飲んでいる垂れ目の勧誘員だ。今、この瞬間、私はこの人を嫌いではない。では人間の本性とはどこにあるのか。それは今もよくわからない。

専売所に集まって来る人たちは、どこかほんの少しズレている人が多かった。私はそれが決して居心地悪くはなかった。人というのはいろんな側面をもっているのだと思った。

新聞専売所という場所は、住み込みで食事がついている。身ひとつで就職できる。仕事は肉体労働だが汚い仕事ではない。それに専売所の御主人は苦労人が多く、面倒見がよい。職場としては悪くないと思う。

だけれども、まだ深夜ともいえる午前二時半〜三時頃に新聞が届き、三時過ぎには折り込みを始め、四時〜四時半には配達に出る。六時〜七時に帰って来て朝飯を食べ、それから寝ると目が覚めるのは昼だ。そして、茫然《ぼうぜん》としているともう夕刊の準備が始まる。

この生活サイクルの中で、新聞配達以外のことをする時間は思うよりもない。配達に慣れないと、ただ新聞を配達するために起き上がり、そして飯を食べ、寝るという生活が続く。特に最初のうちは配達順路が覚えられないために配達に時間がかかる。夜、うっかり飲みに行ったりすると朝が起きられない。

そして月末近くなると集金がある。新聞少年たちは、私も含めてある圧迫感の中に生きていたように思う。いつも時間のことを考えている。なんとなく朝起きることを考えている。奇妙な緊張感、それが抜けない。

だから彼らは、新聞が来るのを待ちかまえるようにして折り込みを済ませ、素早く配達に行ったた。新聞に追われてしまうと、もう気分が負けてしまうからだ。そうなったら、プレッシャーで潰れる。真面目に予備校に通っている子ほど、朝が早かった。

入って三カ月くらいで朝の遅刻が目立ちだし、ある日忽然と姿を消す人が多い。まさに通り魔事件の犯人のように。彼は足立区の専売所に勤めていたという。いたって真面目な勤務態度だったが、誰ともしゃべらなかったと所長さんが語っていた。

彼がどんな生活をしていたのかが、ぼんやりとだがわかる。あの専売所の独特の新聞のインクの匂い。埃《ほこり》っぽい乱雑さ。専売所近くの古いアパート。何もない部屋。配達から帰って寝て、目が覚めた時に残る疲労感。夕刊の配達の気の重さ。終わるとすぐ、また次の配達のことを考えている。その、妙な圧迫感。

犯人に同情はしない。ただ、東京に出てきて新聞配達を始め、その専売所を黙って辞めた彼の人間像が私の記憶とダブるのだ。若い子たちは専売所から出ていくことばかり考えていた。そして、専業の従業員をちょっとだけ馬鹿にしていた。

こんな所で一生を終わるのは人間のクズやで、とある男の子は言い切った。だけど、今思うと、新聞配達に専念している人が、一番心穏やかに好きなように生きていた。若いって苦しいのは、いつも現状に満足できないからだ。満足できない原因は自分にあるのに、環境にあるんだって思い込んでいた。ここは最低だと思っていた。私もそうだった。そして勝手に挫折して、勝手に何かを恨んでばかりいた。どうしたいのかわからない、ただ恨みがつのる。

専売所の壁には、いくつもの拳《こぶし》で叩いた窪《くぼ》みがあった。

幼児虐待という病気

一九八五年、デンマークである事件が起こった。

母親が自分の子供の点滴のなかに花瓶の水を混入し、子供を病気にし続けていたという事件だ。花瓶の水はもちろん不潔だ。その不潔なものを子供の血液に流し込む。この奇妙な事件は、それまで社会からあまり認知されていなかったひとつの病気を世に知らせる結果となった。

この母親は精神病とされた。病名は『代理によるミュンヒハウゼン症候群』。聞きなれない病名である。この病気の特徴は、母親が子供を病気だと言い張るところにある。母親は子供が原因不明の難病であると言い、子供を連れてさまざまな病院を渡り歩く。少なくとも五〇人から一〇〇人の医師の診察を受けるという。子供は病院でさまざまな検査を受ける。レントゲン撮影、血液検査、胃カメラ……。それらの検査は幼児にとってひどく苦痛なものだ。しかし、子供は病気ではないので、病気の原因ももちろんわからない。

「お子さんは健康そのものです」

と医師に言われると、母親はそれを不服に思って別の病院に行く。そしてまた一から検査を始めるのである。

子供は母親によって無理やり病気だとされる。そして何年間にもわたって複数の病院をさまよい歩き、繰り返し繰り返し血を抜かれ、バリウムを飲み、放射線を当てられる。この検査がすでに幼児虐待とも言える。繰り返される検査のために学校に通えなくなり、子供たちは社会不適応を起こす。自分が健康なのか病気なのかわからなくなり、精神は荒廃する。

なかには子供に暴力を加えて無理やり病気にする母親もいる。その暴力は多岐にわたる。点滴に花瓶の水を入れるのも、そのひとつの方法だ。窒息させる場合もある。傷口を黴菌《ばいきん》のついた鈍器でえぐりわざと化膿させる場合もある。危険な薬品を服用させる場合もある。故意に鼓膜を破る場合もある。ありとあらゆる方法で、とにかく子供を病気にさせて病院に連れていくのだ。

母親が自分の子供を故意に病気にするわけがない。誰でもそう思いたい。そして医師は多くの場合、母親の言い分を信じる。だからこの病気の発見は遅れた。誰もがこんな事実を信じたくなかったからだ。

この症例を初めて論文にして発表したイギリスの医師ロイ・メドーは、発表当初、世界から非難を浴びた。しかし、これはまぎれもない事実だったのだ。

この病気の母親が望んでいることは、ただ一つである。病院関係者と親密になること。

まさか？　と思う。そんなことのために？　でも、そうなのだ。この病気の母親たちは、病院の先生、医療スタッフと会うためだけに子供を虐待する。彼女たちの目的は「難病の子供を抱えた母親」として注目され同情されることなのだ。そのために子供を病気だと言い張り、そして時には自分の手を下して無理やり病気にする。自分の存在を認めさせるために、子供を利用することに何の罪悪感もない。子供たちは、母親から虐待の事実を隠すように強要される。万が一母親を告発しても、誰も子供の言葉を信じない。

この病気の母親のいる家族には、五〇パーセントの確率で不審な死を遂げた兄弟がいた。つまり、母親の病気が発覚した時はすでに、子供一人が殺されている場合が多いのである。母親は、一人が死ぬと、次の子供をターゲットにする。そして何度でも同じことを繰り返し続ける。彼女たちにとっては、医師の注目を引くこと、それだけが目的である。手段に興味はない。日本でも最近になって症例が確認されるようになっている。


「不思議な事件やねえ」

三歳になる娘のノンちゃんを公園で遊ばせながら、友人のノリコと私は木陰でアイスクリームを食べていた。

「そうでしょ、気が知れないでしょ、なんでわざわざ子供を病気にして病院に通わなくちゃならないんだろうね」

ノリコはアイスクリームの匙《さじ》をくわえたまま、なにやら考え込んでいる。

「あたしは、なんとなくわからんでもないような気がしないでもない」

「そうなの？　なんで、教えてよ」

九月も終わりだというのに残暑が厳しい。公園には同じように子供を遊ばせているお母さんたちが木陰に茫然と立っている。

「お医者ってさ、妙に優しいと思わへん？　あんた独身の頃にさ、具合が悪くなってお医者に行って、すごく優しくされてなんとなくぽわんとなったことあらへん？」

ぽわんとなったことがないか？　と言われて真っ先に思い出したのは、昔つきあった歯医者の男の子のことだった。その子はお医者さん独特のやわらかい諭すような口調でゆっくりと話すのだ。その話し方にすっかりまいってしまって、のぼせ上がっていたことがあった。

「言われてみると確かに、お医者さんって独特の患者を安心させる口調をするよね。なんていうか、ちょっと親密で、口説かれているみたいな感じっていうか」

「そやろ、お医者ってさあ、相手の気持ちをリラックスさせるのが商売やから、いかにもあんたさんのことを一生懸命思ってますよ、ってしゃべりかけてくれるやんか。何度か通っているうちに、ああ、センセって素敵！　ちゅう気分になることあるやろ？　うち、その病気はそれやと思うわ」

なんという大胆かつ説得力のある分析だろうと、私は感嘆して深く頷《うなず》いた。

「確かにわかるっ。気が弱くなってる時にお医者に行くと、先生が妙に素敵に見えるもんねえ。大丈夫安心なさい、とか、また来週いらっしゃい、とか、よくがんばりましたね、とか言われると、なんかこうクラってきちゃうとこあるもんねえ。そうか〜！」

ノンちゃんは時々お母さんの方を見ながらお砂場で遊んでいる。お砂場には四人ほど子供たちがいて、それぞれの子供の後ろには背後霊のようにお母さんたちが立っている。みんな子供をただ見守るためだけに、この場所に存在している。何もしていないように見えるけれど、彼女たちにしてみれば他にどうしようもなく、子供にくっついて公園に地縛《じばく》しているのだ。

「そのミュンヒなんたらとかいう病気になるお母さんたちって、絶対に亭主とうまくいってないと思うんよ。亭主に愛されてるっていう実感が全然ない。それどころか亭主に嫌われて憎まれているんかもしれん。もしくは亭主をまるで好きじゃなくて、いっしょにいるだけで苦痛に思っているんかもしれん。なんにせよ、自分を大切にしてくれる男が周囲にいてへんと思うんよ。そんな時に、病院の先生だけは優しいわけや。じっと自分を見つめて相手してくれるわけや。かと言って先生と不倫なんかできんやろ？　センセにだって選ぶ権利あるしなあ。だけど、センセとお話ししている時は自分のことだけ心配して見てもらえる。センセといっしょにいる時はなんだかほんわかしたいい気分になれるんよ。ぽわんとさ。そんでその大好きなセンセと対等に話ができるんよ。えらい権威ある優しい男とな。そやけど、自分が仮病使うわけにいかへんやろ？　すぐバレてまうし。だから、子供をダシにするんや。子供を病気にし続ければ病院に行ってセンセとお話しできる。まあ、一種の疑似恋愛やな」

ここまで話を聞いて、やっと思い出した。ノリコの昔の恋人もそういや医者の卵だったのだ。二年ほどつきあって二人は別れた。私も何度かいっしょに飲みに行ったことがある。飲んでいると必ずポケベルが鳴って病院に消えていく男だった。それを彼女は頼もしそうに見ていたっけ。

「でもね、この病気の人は病院を次々と転院するんだよ。疑似恋愛なら一人の先生に固執しないかな？」

「相手が自分を疑って冷たくなると熱が冷めるんよ。疑似恋愛だから相手は誰でもいいのや。自分に親身になって優しくしてくれる相手ならな」

それからノリコは付け足した。

「公園にいてるお母さんも、夫婦仲の悪いとこは子供に辛く当たるでえ」

毎日毎日公園に来て、子供を遊ばせる。子供が遊ぶのを見ている。それが幼児の母親の生活だ。専業主婦で子供を育てている女はみんな子供たちの背後霊になる。子供の後ろに立って子供を守る存在。行動の自由はない。人間の女ではなく霊になる。

女は強くなった、楽になったと言われる。掃除洗濯は電化製品がやってくれて、子供が手を離れれば暇なことこの上ないではないかと。女が弱者だなどと言うつもりはない。でも、これだけは断言できる。女には男とは違う質のストレスがかかっている。逆に言えば、この女ならではのストレスを引き受ける覚悟でするのが結婚という契約なのだ。独身時代なら女は男よりもお気楽で生きやすいほどである。だが、結婚後は違う。母と妻という役割がいきなり増える。女の部分は押されて縮小を余儀なくされる。

若い頃に、好き放題に身体《からだ》を商品化した少女たちが結婚し、年をとっていく。

「女として売れるうちに高く売るのよ～」

と豪語する少女たちも一〇年すれば三〇歳だ。その時に、彼女たちは、何の空虚も感じずに母として生きていけるだろうか。生身の身体をもてあまして子供の背後霊で生きる毎日。昔はスケベな目を向けた男が、「おばさん」と自分を軽蔑するようになったら。亭主がセックスをしなくなったら。そうこうしてるうちに若作りも限界に達したら。腹がたるんで、話題もなくて、社会性もなくて、貧乏で、なにもかも「うざってえ」って思ったら。子供のままでいたい少女たちが、年だけとったら、どうするだろう。自分なんか居ても居なくても同じだと感じたら、なにで空虚を埋めるだろう。幼児虐待、不倫、精神病、ギャンブル、犯罪……。それらの選択肢が必然的に残っていく。

ユング心理学者の河合隼雄氏が、著書のなかで語っていた。

「女性の自己実現の困難さを思う時、私はそれを女性にすすめることをためらう」

子供と老人を道連れにして、女の不可解な犯罪はもっともっと増えるだろう。

捨てられた子供たち

金子さんの奥さんは一言多い。いつも会話の最後に蛇足のように何か呟《つぶや》く。その一言が私の心にオリのように残り後味が悪い。「もうどうしようもないですね」とか、「これだからなにしても同じなのよね」とか、「人間てのはそんなものでしょうね」とか。他愛《たわい》ないことなんだけど、私は最後にそんな言葉を付け加えられるとムズムズする。そんなにわかりきってどうするの？　と思うのだった。

金子さんの奥さんが、よく顔に痣《あざ》をつくるようになったのは、金子さんの息子の和洋君が中学二年になった頃だった。近所では息子に殴られたのだと評判だった。和洋君の家庭内暴力が始まったらしいのだ。金子さんの奥さんは、痣を気にしてあまり外でおしゃべりしなくなった。時々スーパーで見かけると、ひどく憔悴《しょうすい》している様子で、目があってもふっと顔をそらしてしまう。痣というよりも、あれは怪我《けが》だと思った。紫色のたんこぶがはれあがって、左目を覆っていた。和洋君はずいぶん暴れているのだなあと思った。

和洋君とは知り合いだった。以前に和洋君が図書館で私の本を読んで、感想を書いてくれたのだ。それが図書館に掲示されていて、それで知り合って言葉を交わすようになった。和洋君は普通の子に見えた。いや、普通の中学生というのがどういうのか私にはよくわからない。つまり家で母親を叩きのめしているような子には見えなかったということだ。グレているような子が、図書館で本を借りて感想文を書いたりするだろうか？　彼が暴れるにはそれなりの理由があるのかもしれないな、と思った。

ある時、公園を散歩してたら偶然和洋君に出会った。自転車に乗って塾に行く途中みたいだった。

「和洋君、久しぶり」

「あ、ランディさん」

彼は自転車を降りて、私にていねいにお辞儀した。

「和洋君さあ、お母さん殴ってるってほんと？」

いきなり単刀直入に私が言うと、彼は面くらったみたいだった。

「ああ……」

彼は茫然と私の顔を見た。ちょっと目がうつろだった。

「家庭内暴力やってんの？」

すると意外に素直に「はい」って答えた。

「ふうん、なんで？　理由あるんでしょ」

「なんでっていうか……」

「別に説教する気ないから、教えてよ」

彼はまぶたを力むように細めて私を見た。

「ムカつくから」

「なんでムカつくの？」

痰《たん》を吐きだすように彼は言った。

「あいつロボットだから」

「ロボット？」

和洋君の言い分によると、父親と母親は五年くらい前から険悪なんだそうだ。お互い無視しあっている。まるで存在しないみたいに。父親にはどうやら愛人がいるらしい。若い女性から電話がかかって来て自分も出たことがあるそうだ。お母さんはあらゆることを無視する。すべて何もなかったように振る舞う。その様子がまるで感情のないロボットみたいに見えるんだそうだ。

「何もかも隠して、見て見ないふりをしてる」

母親には自分ってものがないって和洋君は言う。見栄と常識を基準にすべてを決める、そうやって自分のことも育てて来た。自分はこんな馬鹿な親に育てられたのかと思うと情けなくなって、イライラしてくる。だいたい自分が毎日つまらないのも、親がこんなに駄目だからで、親は自分が生きるために何ひとつ力になってくれないどころか、自分の足を引っぱってばかりいる。これが親と言えるのだろうか、と和洋君は言うのである。そんなダメな母親のくせに、自分のダメさかげんが何ひとつわかっていない。勉強しろと言う前に自分の人生をどうにかしろよ！　と言いたい、と彼は言う。自分の人生も自分で決められないくせに、子供にばっかりあぁだこうだとつまんない説教しやがって、おめえは馬鹿かと思うのだ。そして母親に何か言われると、この馬鹿女に小言を言われる子供の自分が情けなく腹だたしく、こんな女から生まれたことが呪《のろ》わしく、とにかく叩きのめしてやりたくなるのだそうだ。

「お母さん殴って気持ちいいの」

正直な疑問だった。

「そんときはね」

後になると嫌な気分になる。そして自分をこんな嫌な気分にさせてしまう親がさらにまた憎らしく思えるのだそうだ。

「なるほどね……」

私は和洋君の気持ちが少しはわかるので、何も言えなかった。自分も中学校の頃、そんな気分になったことがあったから。うまく離陸できない。離陸したいのに親ばかり気になる、そんな年だった。思春期なんて二度と戻りたくないと思う。あんな自意識の化け物みたいな時代、よく生きていたなと不思議だ。あらゆることに傷ついてしまう自分が嫌だった。強くなりたかった。

それからしばらくしてから、ある晩いきなり和洋君が我が家にやって来た。彼は興奮した様子で玄関に立っていた。目が血走っていて、ちょっと怖かった。思春期の子供たちはときどきすさまじいまでのオーラを出す。妖怪みたいだ。

「親が逃げた」

和洋君は私の顔を見ると叫んだ。

「はあ？」

それから彼はそっくり返ってヒステリックに笑った。

「親が逃げやがった。あいつら俺を置いて逃げやがったんだよ」

和洋君の両親は、和洋君が学校に行っている間に弟を連れて出て行ったのだそうだ。家に帰って来たら、父親も母親も弟もいない。手紙があった。父親はどうやら愛人のところへ逃げたらしい。母親は弟を連れて長野の実家に帰ってしまった。家はおまえにやるという。父親が毎月八万の仕送りをしてくれるそうだ。

「俺はあいつらをつかまえて、一人ひとりぶっ殺してやる。あいつらは俺を産んだんだ。その俺を捨てて逃げやがった。絶対に許さない。俺の人生はあいつらを殺さないと始められない」

とにかくあたしはブルブル震えている和洋君を家に泊めて、担任の先生に連絡をとった。そしてかろうじて居場所がわかる母親の実家に電話をしてもらったが、母親は「あの子にいつか殺されてしまう」と怯《おび》えていて、とても話にならないそうだった。

それからというもの、和洋君は一人暮しを始めて、なんとか学校に通っている。家と金があるので、それを目当てにこすっからい不良たちがハイエナのように寄ってきて、彼にたかっている。髪も茶色くなったし、ピアスもした、たばこも吸っているのだろうなあ。

ああもうこれはダメかなあ。このままグレちゃうのかな、と思っていたら、突然、弟が長野から家出して戻って来た。弟も一二歳になって母親に嫌気がさしたんだそうだ。で、二人は最近は兄弟で暮らしている。弟が帰って来てから和洋君には兄としての責任感が生まれたらしく、それなりにちゃんと生活しているようだ。

「親が金だけ出すっていうんならそれで大学まで行くのも気楽でいいな」

そんなことを言いだした。もともと頭のいい子だったから、なんとか高校へも進めるらしい。弟が帰って来たのがうれしかったみたいだ。母親が兄弟を捨てたのか、兄弟が母親を捨てたのかよくわからない。こういう形の自立もありかもしれない。少なくともロボット化した母親の支配下にいるよりもマシかもしれない。

ある時、晩のおかずの差し入れをもって和洋君ちに行ってみた。庭先から入っていくと、二人は向きあってコンビニ弁当を食べていた。最近、父親が週一回様子を見に来るそうだ。和洋君はこまめに弟の世話を焼いていた。彼はけなげにも母親役を担おうとしている。

「お母さんに帰って来てほしくない？」

と私が聞いたら、彼はこう答えた。

「あいつは、小学校の頃から、もうここには居なかった」

子供に存在を否定されるほどの空虚を金子さんの奥さんは抱えていたのだ。もしかしたら和洋君は、母親の空虚に潰《つぶ》されまいとして必死で闘っていたのかもしれない。

キッチンの壁には赤黒い血の跡が残っている。コロッケをつっついている弟はまもなく一三歳。兄よりも冷めた目で、

「だけど女中は居たほうがいいよ」

と言った。

野村沙知代が映しだすオトコ社会

私の友人のノリコは日本で生まれて日本で育ち日本語しか話せない大阪の女である。が、国籍は韓国で、在日韓国人三世である。結婚して今は東京に住んでいる。一〇年来の飲み友達で、かつて「ザルを通り越して枠」と言われた私とタメを張って飲めるのは彼女くらいなものであった。

私は関東で生まれ関東で育った日本人なので、いつもいつも彼女のモノの見方考え方には「おお！」と驚愕《きょうがく》する。ノリコは私にまったく別の尺度、考え方を教えてくれるのだ。だからノリコに会うとついいろんなことを質問したくなってしまう。彼女のコテコテの関西弁で話題がどう処理されるのか聞くのが楽しみなのだ。

「ねえねえ、野村沙知代さんについてどう思う？」

新橋のビアホールで、私は彼女にそう質問した。すると彼女はこう言い放った。

「野村沙知代？　ええやんあの人、パワーあって。あたしは好きやわ。あたしは浅香光代の方がよっぽどイケ好かんわ。なによあの人、テレビ使って他人の悪口言いくさって、言いたいことがあるなら本人に直接ガツンと言ったればええやんか。それをわざわざ公共の電波に乗せて悪口言うなんてどうかと思うわ。だいたい発端はオバハン同士の喧嘩やないの？　それを地検まで持ち込んでなんやのアレ。国民の税金で調べてどうすんねん、そんなアホらしいこと。だいたい野村沙知代がどこの大学出てようと、あの人もう二度と選挙なんか出れへんさかいどうでもええやん」

そうか、ノリコは選挙権って持ってなかったんだなとふと思った。日本国に住んでいて税金だけ払って選挙権のないノリコにとっては、野村沙知代問題もちょっと位相が違って見えるみたいだ。

「なるほどねえ、でも野村沙知代さんってほら、履歴詐称とか言われてるでしょ？」

「それもええやんか。きょうび自分のキャラクター作るために嘘つくくらいのこと誰でもしとるやろ。あの人、別に今はタダのおばちゃんなんやし。もしそれが本当に犯罪行為ならマスコミじゃなくて法律がちゃんと罰するでしょ」

まだ夕方四時なので、ビアホールに客は少なくガランとしていた。久しぶりに会った私たちは時間を惜しむようにがんがんビールを飲んだ。お互い小さい娘がいるので遅くなれない。飲むのにもターボがかかるのだ。

「マスコミの対応を嘆く人も多いけど……」

「ああ、マスコミね、あれはあれでええんちゃう。だってワイドショーがあの事件を取り上げるんは、そこにニーズがあるからやろ？　あたしやあんたみたいにあれが好きで好きでたまらん人が見て視聴率上げてるから取り上げるんやんか？　本当に誰も見へんかったら、別の番組作ると思うんよ。マスコミってのは、ニーズがあるからやるわけやから。民放はタダや。タダより高いもんはないで。タダでテレビ見るなら番組に文句つけたらあかん」

私は彼女の言うことにいちいち「ほう！」と思う。やはり私とは違う発想であり、考え方であり、そして奇妙な説得力があるのだ。

「私はね、小学校の頃、なんで自分だけハンコが二つあるんやろ、って思ってた。在日だから、通名のハンコと、本名のハンコがあるわけよ。そんで、私が韓国人だっていうのは、だいたいこのハンコを見た他の生徒がバラすわけ」

彼女から在日の苦労話を聞いたのは初めてだった。ノリコはめったにこんなこと言わない。いや、私が聞かなかったからかもしれない。彼女が日本国籍でないことを知ったのは知りあって四年目の頃だった。ところが、私はいつも彼女の国籍の話を酔っぱらっている時に聞くので、酔いが覚めると忘れてしまっている。「あんたには三回カミングアウトしたけど、三回とも驚かれて呆《あき》れたわ」と言われた。それくらい私にとって国籍はリアリティのない問題だったのだ。

「ねえねえ、苛《いじ》めにあった時って、どうするの？　クラスで話題になっちゃったりした時」

私は思わず乗りだす。

「話題になるっていうか、ワルガキが、おめえ日本人じゃないんやろ、とか言いだすわけ。それが広がると先生がクラス会を開いて、みんなで議論するわけ」

「議論って、どんな？」

「ノリコさんは日本人ではありません、ノリコさんは韓国人のお父さんとお母さんから生まれました。でも人間はみな平等です、韓国人だからといって差別するのはいいことですか？　みたいなこと」

私は呆れて叫んだ。

「そ、それって、形の違うイジメじゃないの？」

「うーん、今考えるとそうかなとも思うんやけど、その頃は子供だったからあまり難しく考ええんかった。それよりも、クラス会を開いて先生がみんなに説教すると、翌日からみんながすごく優しく親切になるんよ。それが嬉しかったわ。子供って、そうなんよ。即物的だから、親切にされたらやっぱり嬉しいんよ」

「そういうものなのかあ」

私はつくづくと、自分が大人の尺度でしか子供を見れていないことを実感してうなずいた。確かに彼女の言う通りかもしれない。子供の頃って即物的で、優しくされたら無条件に嬉しかった。優しさの意味について考えるようになるのは大人の始まりだ。

「だから私は、ずっと二つの名前で生きてきた。別に詐称してるとは思わないけど、どっかでいつも隠し事してるような感じはあったわ。それでも日本人っていうキャラクター作るためには日本語の名前でないとアカンやろ？」

彼女はとあるベンチャー企業に就職し、持ち前のバイタリティと機転のよさで頭角を現わし、社内でも重要な役職に就き、かなり高額の給与をもらっていた。初めて彼女に会った時の印象は「優秀なキャリアウーマン」だった。

ある時、私は彼女に「日本人になっちゃえばいいじゃん」って言った。だって、彼女は日本に生まれて日本に育った。それはもう日本人じゃないかって、日本人の私は思ったのだ。すると彼女はちょっと嫌な顔をした。

「いややねん。やっぱり日本って国にけっこう嫌な思いさせられてきた記憶があるから、どうしてもこの国が自分の国だって思われへん。かといって韓国が自分の国だとも思われへん。あそこはじいちゃんとばあちゃんの国って感じ。自分の国じゃない、じゃあどこが自分の国かって言われたら、実感としてはないんやけど、でもやっぱり韓国かなあって思う」

「だってさ、韓国を知らないわけでしょ？　知らない国を自分の国だって思えるの？」

「そりゃあだって、あたしのじいちゃんとばあちゃんは韓国語しゃべってたし、生まれ育った環境は日本の中の韓国文化圏だったもの」

実を言えば、私は彼女の口から「日本はあんまり好かん」と言われて、えらいびっくりしたと言うかショックだったのだ。そうだったのか、彼女は日本は嫌いだったのか、と。

しかしながらそんな彼女も子供が生まれてから揺れている。最近では、子供のために帰化しようかどうしようか悩んでいるそうだ。彼女の亭主は日本人である。

「子供を産んでみて思ったのよ。私が韓国籍のままだと、何か起こった時に娘を守れないって」

この何か起こった時って、いったいどういう場面を彼女が想定しているのか聞いてみたかったのだけど、なぜか私は聞けなかった。それは有事ってことなのだろうか。そのような危機感をもってこの女は日々暮らしているのだろうか。私と同じただの酔っ払い女だと思っていたのに、やっぱり私は人のことをぜんぜん見てないなあと愕然《がくぜん》とした。

飲んでしゃべっているうちに、話はまた野村沙知代さんに戻る。

「私ね、いつも不思議だったの。野村さんが一番主張するのは母であること、じゃない？　だけど、私あの人からどうしてもおんな的な社会性を感じないんだよね」

母親という仕事には、もちろん「子育て」というのが含まれるのだが、実はもっと大変なことがある。それは「社会性を発揮する」ということである。私は一〇年近く、自分で会社を経営してきたけれども、その時よりも「子育て」の方が社会性を要求されるな、と実感している。

一見、母親であることと、社会性は結びつかないように思われがちなのだけど、とんでもない。母親になることは地域社会の一員として迎えられることであり、子供会、保母会、公園のお母さん、お医者さん、先生とのつきあい……とまあ、ものすごく多種多様な人びととおつきあいしていかなければならないお仕事なのである。

ここで「おんな的社会性」を磨かれるので、女は年をとっても集団生活に適応しやすいんじゃないかとさえ思う。たとえば、会社の中で同僚とおつきあいする……というのは、実は楽な社会性である。共通の組織という基盤がある。ところが、母親という共通項だけで、ひと括《くく》りにされる子育て中の女性は、年齢がどんなに離れていようが子供がいれば「お母さん」なのである。かつてヤンキーであろうが、三菱商事に勤めていようが、ホステスだろうが、学生だろうが、子供が同じ年なら同じように集められ、やれ歯科検診だの、予防接種だので顔を合わせる。

たとえ大女優であっても、妊娠した時は、変な椅子に座ってパンツを脱いで足を開くのだ。子供が生まれれば名前ではなく「お母さん」と呼ばれ、いかに仕事で有能であっても保母さんから「歯磨きができてませんねえ」と怒られれば無能な母なのである。

子供が電車に乗って靴で座席に上がれば「ごめんなさい」と周りに謝り、汚い手でお姉さんの服を汚しては「大丈夫ですか？」と汚れをぬぐい、あっちこっちに頭を下げて外出し、ああもう私って何なのよっ！　という経験をした末に、とにかく社会と折りあっていく術《すべ》を身につける。

で、野村沙知代さんという人は「母親には珍しいタイプだなあ」と思っていた。いかに野村監督夫人でも、あんなにいつも怒って威張っているというのは、女同士の中でもまれた人とは思えない。母親という土俵に上げられた時に、女は持っていた権威とか、職業的プライドとか、そういうものをいったん降ろさざるを得なくなって、そこで新たに繋《つな》がれるのだ。でも、野村沙知代さんには「おんなの社会性」が感じられなかった。それなのに「母親であること」をえらく主張するので違和感があったのだ。

「野村沙知代ってさあ、野村監督の格好をさせてマウンドに立ったら、監督そっくりやと思わんか？」

いきなりノリコが言うので吹き出してしまった。

「確かに、あの二人似てきてるかも」

「そやろ、野村沙知代は野村監督の真似してきたんよ。あの人の価値観は男なんや」

確かに「母親としての自分」を主張しながら、野村沙知代さんがいつも価値観のベースに置いているのは「おとこ社会で価値ある自分」であり、それが彼女の破綻の原因になっている。

「じゃあ、野村沙知代さんは男みたいに生きたかったのかな？」

「そうや。権力志向なんや。だから女には女であることを要求する。中身がオヤジなんや。おとこ社会に必要なんは、学歴、収入、地位と名誉や。この三つを求めることがおとこ社会で生きることや。この追求を放棄するとおとこ社会では除外される。放棄するとホームレスや。でも、オンナはちゃう。女の場合は、学校行かんと家でごろごろしていても、花嫁修業なのよと言えば通るやろ。結婚しないで家にいても社会の落後者とは呼ばれへん。肩身は狭いが、気にしなければ生きていける。そのかわり女はまったく別の社会性を要求されるんや」

「別の社会性？」

「あんたも毎日やってるやろ、挨拶、奉仕、笑顔、礼儀、やがな。これなくして母親業は成立せえへん。な、この四つが野村沙知代さんには全く欠けるやろ。あの人は母親じゃなくて父親を目指してんねん」

なるほど、野村沙知代さんが目指していたのは「おとこの社会性」だったのだ。だから彼女はコロンビア大学に留学していなければならなかったのであり、野村監督夫人だけでは飽き足らず議員にならなければならなかったのであり、そして少年野球チームを率いて、人生相談に出演する存在でなければならなかった。

「おとこの社会性」を発揮しようとする女の人は、多くの場合、自分以外の他の女性には「おんなの社会性」を強く求める。自分はどこかで「ふつうの女ではない」と思っているのかもしれない。

野村沙知代さんの言動の背後にあるものがノリコには見えたらしい。それは彼女が私よりもより権力に敏感だからかもしれない。野村沙知代さんは一途《いちず》に「おとこ社会」を模写している。彼女の言動は、デフォルメされたこの社会の価値観でもあるのだ。

言葉では「母親の重要性」「女性の社会参加」「礼節」「正義」などと言っても、実際はそんなことに価値を置かない多くの人で、おとこ社会は構成されているということを、野村発言は垣間見せてくれる。

「野村沙知代を見てると、権力志向の男のミニチュアだと思うわ」

ノリコは醒めた口調でそう言った。

そういえば、「その場をしのげばなんとかなる」「黙っていれば人はすぐ忘れる」「まずいことははぐらかす」という手練手管は、ニュースではおなじみになった男社会の悪党の手口である。

人間の行動ってのは、オリジナルは少なくて、たいがい誰かの真似であり、その真似を続けているうちに独自性が出てくる。「おとこ社会」を必死で模写していたら、いつのまにか窮地に立たされた。それが今の野村沙知代さんなのかもしれない。だからこそ彼女の行動に表現されているのは、この社会の本音の一部なのだ。

キム・ヒロ氏のハンチングが意味するもの

キム・ヒロ（金嬉老）氏が釈放された。

寸又峡《すまたきよう》温泉に立てこもり、八八時間籠城《ろうじよう》した在日韓国人二世だ。彼は金銭のトラブルから二人の人間を射殺し、そして静岡県の温泉旅館に人質を連れて立てこもった。ライフルとダイナマイト、それが彼の相棒だった。そして、マスコミに対して日本人の韓国人に対する人種差別を告発した。

キム・ヒロ氏釈放に伴って、三一年前の映像をテレビ各局が再放送した。ハンチングをかぶった神経質そうな男の顔。温泉旅館のちゃぶ台を挟んで交わされている記者と犯人の妙に和気あいあいとした会話。ふすまに書かれた母親への遺書。布団をかぶって寝ている人質。

そして、逮捕。なぜキム・ヒロはライフルを背負っていなかったのだろう。記者に向かって発砲したことを悔いていたからだろうか。記者に変装した警官に取り押さえられるキム・ヒロ。とっさに舌を噛《か》んで自殺をはかろうとするが、阻止される。

そのキム・ヒロ氏が三一年ぶりに釈放され、祖国である韓国に帰る。釈放と同時に日本との決別。彼は韓国に向かう機内において、周りの人間がとまどうくらいに脈絡なくしゃべり続けた。不安だったのだろう。飛行機のシートベルトの着け方がわからなかった。「俺はすっかり遅れてるな」と語ったという。

窓から国土を見つめ自分の生まれた場所を探していたという。キム・ヒロ氏は日本生まれで、韓国には一度も行ったことがない。まだ見ぬ祖国だ。母親の遺影が彼の唯一の荷物。プサン空港に降り立つと、出迎えの韓国人から盛大な拍手で迎えられた。その時に初めて、両手を振り上げ涙を流した。

キム・ヒロ氏は事件から三一年経った今も、なぜかハンチングをかぶっていた。三一年前、寸又峡温泉で籠城した時と同じように。それはなぜだろう。ハンチングをかぶっている、ただそれだけで、彼はキム・ヒロ氏であった。もしあのハンチングをかぶっていなければ、彼はただの年寄りにしか見えない。

キム・ヒロ氏が頭にのせていたあのハンチング。あれが彼の言葉だと思えた。自分はキム・ヒロである。三一年前も、そして今もキム・ヒロとして生きる。逃げも隠れもしない。その無言のメッセージ、それがハンチングに現われていると思った。強い、意志。

刑務所で学習したという韓国語で彼は出迎えの人々に挨拶をしていた。だけれども、本当にキム・ヒロ氏の故郷は韓国なのだろうか。私にはわからない。彼は韓国を知らない。その韓国にいきなり連れて来られて、彼はこれからの余生を送るのである。

キム・ヒロ氏が釈放される一カ月前、私は仕事でソウルを訪れた。初めての韓国、そのあまりの近さに驚いた。ソウルの繁華街は一〇年前の新宿みたいだった。懐かしい感じがした。韓国料理はどれもおいしくて、韓国風エステは日本人の女の子の予約で満杯だった。

市場には日本のアパレル業者が大勢で洋服の買いつけに来ていた。今、渋谷あたりで一〇代の女の子が着ている服の大半が韓国製品だという。日本文化の解禁が進んで、韓国の若い世代にとって日本はうんと身近な国になっている。それと同じように日本の若い世代にとっても韓国は身近な国になっている。

以前、とあるテレビ局が、日本の女の子たちに街頭インタビューを試みていた。

「あのね、今、あなたが着ているその服、どこの国のものだと思います?」

「え? 日本じゃないの?」(洋服のタグを確認する。韓国製)

「韓国製なんです。どう思います?」

するとニ人連れの女の子は顔を見合わせて言った。

「どうって、どうも思わない。カワイイから買ったんだもん。韓国製だとダメなの?」

逆にアナウンサーが質問されていた。

韓国製じゃダメなの? メイド・イン・コリアは粗悪品だ、という既成概念は彼女たちの世代にはない。と、同時に多国籍都市に生きる少女たちに韓国人を差別するという価値観もないのだ。

ソウルから帰って来て、私は在日三世の友人であるノリコに電話をかけた。

「初めて韓国に行って来たよ」

「よくぞ御無事でお帰りで。あたしゃテポドンが怖くて行く気がしないけどね」

彼女もまた韓国語の全く話せない韓国人である。

「なんかさあ、韓国へ行って思ったんだけど、もう、日本と韓国の過去は忘れちゃっていいんじゃないだろうか。何にも知らない若い世代の方が仲良くやれるんじゃないだろうか。知らない若い子に無理に暗い歴史を教えなくてもいいんじゃないだろうか」

私がぐちゃぐちゃと一人言のように呟くと、彼女は言った。

「アホか、世の中には二通りの人間がおる。忘れる奴と覚えてる奴、教える奴と教わる奴、考える奴と考えん奴、悩む奴と悩まん奴、あんたはどっちや？」

言われてハッとした。私はけっきょく在日韓国人の問題を自分の問題として受けとめていないのだ。あたかも国と国との問題のようにすり替えている。そうじゃないのだ。今、この国にいっしょに生きている私の問題なのだ。歴史ではない、現実なのだ。

NHK教育TVでキム・ヒロ氏の特集番組が放送された時、ゲストとして出演していたジャーナリストの野村進さんがこんなことを語っていた。

「日本人と在日韓国人の意識の違いは、三つの大きな事件によって代表されると思います。ひとつは、関東大震災。これを日本人は天災と思い、在日は人災と受けとめている。なぜなら震災時のどさくさに六〇〇〇人の韓国人が虐待されたからです。そして、終戦。日本人は敗北と受けとめ、在日は支配からの解放と受けとめています。最後の一つがキム・ヒロ事件です。日本人はこの事件を凶悪犯罪と受けとめ、在日はこの事件を差別に対する反発と受けとめたのです」

日本人と在日韓国人の間にはこれほどの意識の違いがある、と野村さんは言う。そして野村さんは、韓国に住んでいる韓国人と、日本に住んでいる韓国人を分ける。在日韓国人の問題を、韓国と日本の国家問題として捉《とら》えると本質を見誤るからだという。

キム・ヒロ氏は在日韓国人として生まれ、そして犯罪を犯し、三一年服役して、韓国へ帰った。

彼は韓国人になるのだろうか。いや、彼は在日韓国人キム・ヒロとして生きていくつもりなのだ。それしか自分が生きる道がないことを知っているのだ。その決意があのハンチングに現われているように思える。

韓国側の報道によると、キム・ヒロ氏は韓国に帰国した翌日から、もう少年院の慰問などを始めたという。講演しているキム・ヒロ氏の姿をテレビで見た。その時、彼が少年院で語っていたのは、日本人への弁護だった。獄中の自分を支援してくれた日本人に感謝の言葉を述べ、そして、二つの国が結ばれることを祈る……と語った。

キム・ヒロ氏について考えていると、作家・梁石日《ヤン・ソギル》さんの『血と骨』を読んだ時の衝撃を思い出す。そこに描かれていた在日韓国人の壮絶な生き様、韓国人社会の人間模様、圧倒的な暴力、貧困、そしてそれを凌駕《りょうが》する生命力。

凄《すさ》まじい情念を秘めて在日韓国人という人々がこの国に存在するのだ、という畏怖《いふ》。それはなぜか私のなかで奇妙な憧れを帯びる。読むうちに自分の凡庸さにうんざりするのだ。私は生きていない。読み手をそういう気分にさせてしまうパワーをこの作品は秘めていた。

在日韓国人。その大陸的な力に、私は学ぶものがある。歴史を知るほどに苦しい。自分の暗部を覗《のぞ》くのはしんどいことだ。安易に関わると逆に飲み込まれそうで怖い。だけど、違和なるものだけが、私という存在を照らしてくれる。私はナニ人で、そしてこの国でどう生きればいいのか。その答えは、違和なるものと出会い、その違和感から手探りするしかない。

看取れない時代

「人間は動物界の裸の王様だ」

と、友人の鍼灸師《しんきゅうし》が言う。なんで？　と聞いたら、死に場所すら選べないから、と肩をすくめた。

なんでも彼は、自分の父親を自分の家で看取ったら病院の医師から怒られたというのだ。もっと早めに病院に連絡してもらわないと死亡診断書が書けない、勝手に看取られては困る……と。

友人は東洋医学を勉強した鍼灸師であり、彼の父親も同じように鍼灸師だった。父君は癌《がん》で「死ぬ時は自宅で……」と語っていたそうだ。

死を宣告されて、父君は最期に自宅に戻ってきた。何日か家族と過ごし、いよいよ脈も乱れ危なくなった時、息子である彼が人工呼吸を施し、心臓マッサージを行い、脈をとり、死を確認してから、救急車を呼んだ。ところが病院の医師はなかなか死亡診断書を書いてくれない。

「どうして？　日本人は家で死ぬことはできないの？」

私は思わず声を高くする。

「そういうわけではないのだけど、医師しか死亡の確認をとってはいけないという法律があるんですよ。僕は鍼灸師で医師じゃないから死亡の確認を自分でとってはいけないんです」

彼は冷静に説明してくれた。

「そういう法律があったのか！」

「昔からそうだったわけじゃなくて、医師法という法律によって定められたんです。なぜかっていうとね、僕が一人で看取ったら、もしかしたら僕が父親を殺したかもしれない可能性が発生するでしょう？」

「な、なるほど」

「遺産をめぐる尊属殺人ってことも考えられる。だからね、肉親といえども勝手に看取ってはいけない法律ができたんですよ」

近ごろ、往診に来てくれるお医者なんてめったにいない。よほどのお金持ちでないと、自宅で家族に看取られて静かに死ぬ……ということはできないシステムになっているらしい。確かに殺人というものを懸念すればそうかもしれない。だから人はみんな病院で死ぬんだな。先進国であればあるほど、人間の生も死も管理される。それは有難くもあり、どこか寂しくもある。

つい最近、私の友人の母堂が亡くなった。

彼の母堂も癌で、あと三カ月の命だと宣告された。彼の田舎は北海道で、母堂も北海道に住んでいる。そして彼は今、家族と横浜に住んでいる。母親の死期が近いことを知った彼は、会社を三カ月休職し、子供たちを休学させて北海道に戻った。母親の最後の時間を家族でいっしょに過ごすためだ。死者を看取る経験が子供たちの成長にも何らかのプラスになると考えたという。

「自分の親だからな、最期までついていてやりたいし、長い人生のなかでたかだか三カ月やそこらをケチってもしょうがねえから」

彼から電話をもらって、私はつくづく感心した。働き盛りの男性が自分の母親を看取るために三カ月間休職する。できるようでできないことだよなあと思った。今日明日の命というのなら、寝ずにつきっきりで側《そば》に居ることもできよう。でも、三カ月である。もしかしたらもっと生きるかもしれない。もちろん生きるに越したことはないけれど、そういう不確定な死の瞬間のために、自分の仕事を休める彼を尊敬した。同時に自分が情けなかった。

私は自分の母親が脳出血で倒れて「今日明日の命です」と医師から言われた時に、三日ほど病院に泊まり込んだ。そして、だんだんと、自分がなぜここに居るのかわからなくなってきた。なんだか母の死を待っているような、そんな気分になったのだ。仕事のことが気になってしょうがなかった。締め切りのことばかり考えていた。いったい自分が何をしていいのかわからない。集中治療室で昏睡する母親をガラス越しに見つめながら、自分がどう立ち振る舞っていいのかさっぱりわからない。母の死を前にして、私はなにか居心地悪くただイライラしていた。母を死へと旅立たせてあげることも、この世に引き戻すことも自分にはできない、ただ無力感を覚えた。どうやったら、この「今日明日の命」の母と、真正面から向きあえるのか、その術を知らなかった。

彼の母堂がお亡くなりになったのは、彼が帰省してからわずか一カ月目のことだった。静かで落ち着いた大往生だったそうである。

さて、ここからいきなり下世話な話になる。この私の友人は、実は無類の競馬好きである。もちろん身を持ち崩すようなギャンブルをする人ではないが、週末はだいたい競馬場だ。

この彼が電話でこう言うのである。

「実は俺さあ、北海道で母親の葬式を済ませて帰って来てからってもの、気持ち悪いくらいにバカつきなんだよ」

彼はなんだか困ったように言った。

「バカつきって馬が？」

「そうなんだよ、買う馬券買う馬券、みんな当たっちまうんだよ。俺も競馬は長いからさ、だいたいどれくらいの確率で自分が当てるかわかってるわけよ。ところが母親が死んでからってもの、もう当たりっぱなし。十中八九、当てちまうんだよ」

自慢してるようでもない。嬉しいけれどとまどっているって感じだった。

「へ〜、それってきっと、天国のお母さんが息子よありがとよ、ってお礼してるんだよ」

私は最もポピュラーと思われる意見を述べてみた。

「みんなそんなこと言うんだけどさ。俺はさ、ランディも知っている通り、そういう霊だの天国だのってのを全く信じていないわけ。そんなものがあっちゃ困ると思ってるわけよ。人間、生きててナンボだからさ。で、他にこのバカつきの理由を考えてんだけどね」

現実主義者の彼は理屈をこねる。

「それで、なんか思い当たることあったの？」

「それがないんだよ。どう統計をとっても、俺の人生で当たりというのは全体の二割なんだ。それを超えることはない。ところが、今は七割の確率で当たり続けてる」

「ずーーっと当たり続けてるの？」

「ああ、ここ半年、当たり続けてる」

「そりゃあ、すごいね！」

「お前さあ、なんか理由考えてくれよ」

いきなり彼が懇願する。

「ランディ、へ理屈こねるの得意だろ」

へ理屈をこねるのが私は得意なのだろうか？　まったく心外だけれども、友人が言うのだからそうなのだろう。それはともかく、実は私には一つだけ思い当たることがあった。

「あたしが？　なんで？」

「あのね、それはさ、あなたが我を捨てたからだと思うよ」

「我？　俺が？　いつ？　なんで？」

「うーん、うまく説明できるかどうかわかんないんだけどね。私は誰かを看取るという行為は、一種の行《ぎょう》のようなものだと思うのよ。我を捨てるための行。あなたは、三カ月会社を休んでお母さんを看取るために目先の損得を考えずに行動したわけだよね。言うは簡単だけど、三九歳というあなたの年齢でそれを行うのはなかなか決意と覚悟のいることだと思うわけよ」

「そうかなあ、自分の親だぜ」

彼は照れて謙遜《けんそん》する。誰でもやるよ、と。

「違うの。できない人の方が多いと思う。あなたは、自分で母親の世話をしながら看取った。それはね、一種の奉仕であり、そして自分という我を捨てた行為だと思うのよ。でね、ここからは私の勘なんだけど、人間って我を捨てた時にいきなり開く世界があると思うの」

「なんだそりゃ？」

「うまく言えない。でも、この生活のなかで、私たちは我を張って生きているわけ。それが良いとか悪いとかじゃなくて、そうしないと生きていけないの、この社会では。あまりにも長いこと我を張っているので、我を捨てた感性世界ってのがどんなものか忘れちゃってるわけ。ところが、我を捨てた時に見えてくる別の世界ってのは確実にあって、その時は一皮剝《む》けた自分で世界に接している。でもね、ほとんどの人は自分が一皮剝けてることにすら気がつかなくて、またたんだんとふだんの生活のなかで我を被《かぶ》っていってしまうんだよね」

我ながらいいことを言うな、と私は得意になった。

「うーむ、すると俺はいま、一皮剝けた状態なのか？」

「そうかもしれない。これまでと違う感性で世界を見ているような気、しない？」

「しないがなあ……」

「頭で考えてもわからないよ、感性は。感じない？」

「感じると言えば、だから当たる馬券くらいだ」

「十分じゃないの」

太鼓判を押してあげたら、なんとなく彼も納得したみたいだった。


私はまだ、一度も人を看取ったことがない。

二年前に母が脳出血で亡くなった。風呂場で突然倒れた母は、そのまま救急病院に運ばれて植物人間になった。駆けつけてみると口に管を通されて壊れ物のようにダランとしている。まるで魂が抜けかかっているように見えた。「今日明日の命です」と断言されたにもかかわらず、四日後から母は不思議な生命力を発揮して、四カ月の間、植物人間として生き続けた。

母の病院は完全看護で、病室に居てもやることは何もなかった。私は父に母の看取りをまかせて、病院から遠いことと忙しいことを理由に、母が入院している四カ月の間に四回しか見舞わなかった。行っても、母は目を覚ますこともなく眠り続けていて、その傍《かたわ》らにただ茫然と立っている時間がどうにもいたたまれなくムダに思えたのだ。

人の死に際して、いつも逃げていた。忙しいという理由で。死んでいく人につきあうのは漠然とした時間の流れのなかに身を置くことだ。死に行く人の時間の流れは遅い。明日の仕事を思い煩《わずら》う人間には苦痛だ。ただ漫然と流れる時間を、死を前にした人と過ごす。その時間の遅さに、我を捨てきれない私は耐えられなかった。

母が死ぬ日の朝、なぜか父が病室から電話をかけてきた。「母さんがお前の声を聞きたいらしい」と父は言う。まさかと思った。母の意識は戻ることがないとお医者も言っているのに。でも父は「母さんはすべてわかってるよ、俺が話しかけるとちゃんと手を握り返すからな」と言った。

父は母の生命のリズムと足並みを合わせて生きていた。テンポがそろえば、声は聞こえるのだ。速足の人間には弱い者の声は聞こえない。

死へのテンポを、人が、そして社会が許容できなくなっている。死すらもヨードンで処理される時代に、遅い時間を生きる子供も老人も病人も生き難いに違いない。

ロックとヒーリング

元X-JAPANのTOSHIさんが、すっかり地味になって、しかもずいぶん痩せていてびっくりした。

マスコミの報道によると、TOSHIさんは、レムリア・アイランド・ミュージックのMASAYA氏に「洗脳されて利用されているのではないか?」と疑われているらしい。MASAYA氏という人はいま流行の「癒し系音楽」のミュージシャンだ。自らを「自然界の子」と名乗っている。彼のキーワードは「自然」「共生」「自己実現」。マスコミは彼の「二〇〇一年には人類が滅亡する」という講演を取り上げ目を丸くして「危険思想」と呼んでいた。

有名人と神秘的な人間の結びつきは過去にも例が多い。貴乃花と気功師の関係もそれに近いし、美空ひばりさんが亡くなった時も、あやしい漢方医の存在が浮上した。有名になるほど「ヒーロー」の仮面が必要となる。そんな時に自分を一人の弱い人間として扱ってくれる人物に誰しも心を許したくなる。TOSHIさんもきっと、MASAYA氏の前で弱い自分で居ることができてほっとしたのだと思う。

それがこんな大騒ぎになってしまったのは、TOSHIさんが「これまでの自分は本当の自分ではなかった」と爆弾発言したからなのだ。TOSHIさんは今「自分の道」を歩きたいと主張している。それが世の中にとっては少し都合が悪いらしいのだ。

「あなたは自分の道って言ってるけど、それはMASAYA氏に洗脳されて誤った道を歩こうとしているだけなんですよ。だからファンも、ご家族も、みんな反対しているではないですか？　あなたはみんながこんなに反対している道が、本当に正しい道だと思いますか？」

どうも世の中の人は、道を踏み誤ったTOSHIさんの頭を冷やして、MASAYA氏の魔の手から救い出してやらなければいけないと思っているらしかった。そのためにマスコミも家族もファンも必死になって叫んでいるみたいだった。

「TOSHI、帰って来て！　前のTOSHIに戻って！」と。

かつてTOSHIさんはX－JAPANというロックグループのボーカルだった。

彼の声は高音で澄んでいて、どちらかといえば優しく、美しい。しかし、彼は自分を表現する手段としてロックという音楽を選んだ。ロックってのは反逆の音楽だ。現状への抵抗、それを音楽として表現したのがロックだ。だからロックはある面で破壊的で、ある面で悲しい。ロックは、ロックを歌うという行為自体に意味がある、という思想的な音楽である。だから彼のメッセージは多くのファンの魂を震わせた。彼はロックシンガーとして頂点に立つと同時に若者の教祖でもあった。

その頃のTOSHIさんはロッカーとして染めた髪を逆立て、そして化粧をして舞台に立っていた。舞台の上から「辛くて誰も理解してくれなくて、たまらないけど、でも、俺たちは本当の自分を生きていこうよ」と訴えかけていた。今、TOSHIさんはあの頃の自分は本当の自分ではなかった、無理をしていた……と語るのだ。それがなぜか、ファンにも家族にもマスコミにも理解できないのである。

TOSHIさんは売れてしまったことで、自分が消費される立場に立った。それが耐えられなかったのだと思う。売れてしまえば世界は無条件に彼を受け入れる。社会の歯車に組み込まれたくないからロックを選んだのに……。つまり、ロックミュージシャンというのはピュアであればピュアであるほど、金を稼ぐ利権としての自分と表現者としての自分に切り裂かれることになるのだ。

TOSHIさんは、いつのまにか自分が成功者に転じてしまっていたことに困惑したんじゃないだろうか。だって自分は反逆の歌を歌っていたはずなのに、どういうわけか家族も社会も自分を理解し、自分を社会の枠組みのなかに取り込もうとしているのだもの。それどころか、実兄に事務所の経理をまかせて家族ぐるみの音楽活動を始めてしまった。音楽で家族から自立するはずだったのに、家も仕事もいっしょくたになってのっぴきならないしがらみができつつある。ふと気がついた時、彼は内心とても窮屈で不安だったのではないだろうか。

見回せば、いつのまにか世界はTOSHIさんを理解した顔をする。

「ああ、TOSHIは世界に絶望して髪を立てているのね、すばらしいわ」

彼は世界に理解されないと歌っているのに、世界は彼を理解しちゃうのだ。ところが理解されているのはミュージシャンとしての自分であって、本来の自分は理解されぬまま取り残され、売れれば売れるほど経済という巨大な歯車の中で消費されていくようになる。何をやっても理解されてしまうのは、ものすごく辛いことだ。髪を立てても、化粧をしても、この世界なんか終わってしまえ、本当の自分を生きたい、そう怒鳴っても、何をやっても理解されてしまう。称賛されてしまう。だんだん自分がわからなくなる。本当にやりたかったことは何だったのか。

だから、彼はもう一度、今度はまったく一八〇度別の方向へとジャンプした。別のベクトルで世界が理解不能なところへ。……たとえば「自然」や「宗教」や「精神世界」である。髪を立てて世界に絶望したら理解されてしまった。だったら全く反対のことをしたらどうだろう、ということだ。普通の格好をして、欲を捨て自然と共生する人になる。もちろん彼は意識してそうしているわけではない。たぶん無意識に最も現状に反抗的な道を選択しているのだ。しょせんどちらでもTOSHIさんには同じことだ。反抗することが目的なのだから。

孤独を生きることを、彼はやりそびれた。理解されない孤独こそがTOSHIさんにとっての荒野だったはずなのだ。その荒野の果てになにかがあることを、彼は直観的に感じていたのに。だからこそTOSHIさんは、X-JAPANも、家族も捨てて、理解され難い道を無意識に選択しているのだ。

そして彼は今こそファンに訴える。

「X-JAPANのTOSHIを好きでいてくれてありがとう。俺はあの頃の自分を本当にいとおしいと思う。でも、もうあの頃のＴＯＳＨＩはいない。あの頃、俺は正直に言って辛かった。ほんとうの自分ではなかった。だから、みんなあの頃の俺を手本にするな。みんな自分の道を歩いてくれ」

俺を目指すな！　自分の孤独の荒野を歩けよ、とＴＯＳＨＩさんは繰り返す。でも、その声はファンには届かない。ファンにとっては、ＴＯＳＨＩさんは孤独の荒野を照らす星だったのだ。その星を見上げながら自分は一人じゃないと信じてきた。でも、その星は「俺の光をあてにするな」と言う。

「彼は変わってしまった」

と多くの人は言う。ＴＯＳＨＩさんが変わることをファンもマスコミも家族も許さない。変わられては困るのだ。システムのなかにうまくはまっていてくれたものが、そこからはみだされるとみんなが困る。ＴＯＳＨＩさんの行動は周りを不安にさせる。だけど、形は違うけれど昔と今と彼の目的は同じだ。ロックも精神世界も彼にとっては現状への反抗の手段、同じ荒野なのだ。荒野はプロセスだ。目的地ではない。荒野を超えて、自分の表現と出会うことが彼の旅である。

今、反抗することはとても難しい。自由という体裁のなかで世界は巧妙にシステムを作った。なんでもありに見せかけて真綿で首を絞めるような閉塞《へいそく》したシステム。彼はいつのまにかこの世のシステムに巻き込まれていた。

彼が得たお金も名声もファンからの貢ぎ物だ。X-JAPANはひとつの宗教だった。TOSHIさんはそれをすべて突き返したのだ。なぜ人はみな自分の道を生きようとしないのか、と彼はたぶん思っている。その反面で「いっしょに生きよう」と人々を誘惑し続けてきた責任も感じているのだろう。

誘惑者は必要だ。人は誘惑されることを求めている。たくさんの人を魅了するのは才能のある人間にしかできない。誘惑者は崇《あが》められ消費される。彼は繊細すぎて消費に耐えられなかったのかもしれない。少なくとも彼は、消費されることでこの世のシステムを少しだけ解体させていたのに。

自然と癒しを通して、彼は新しい自分と出会っているのだろうか。

彼の音楽は、まだ届いて来ない。

無意識の自己表現

一時は毎日のようにテレビで顔を見ていたのに、毒物入りカレー事件の容疑者である林夫妻の続報はめったに目にしなくなった。ところが、つい最近、久しぶりに林邸がテレビに映し出されていた。「塀の落書き」がクローズアップされて取り上げられたのだ。林邸の壁に書かれた無数の落書き。暴走族の名前みたいなのもあれば、《ますみ早く帰ってこいよ～》などというふざけたものもある。林邸を訪れる見物客は跡を絶たず、落書きをする人は主に若い年代の男の子たちで、なかには門扉《もんぴ》を乗り越えて敷地内に入り、家のドアや壁に落書きをする人もいるらしい。

ニュースでは「まったく日本のモラルも地に落ちたもんですねえ」「いったいこれを書いた人たちは何を考えているんでしょうか」と、キャスターやコメンテーターの大人たちが吐き捨てるように言っていた。不快でしょうがない、という感じだった。「今どきの若者は何を考えているんでしょうねえ」「世紀末ですなあ」「まったく不愉快な出来事です」「やはり若い世代にはストレスがたまっているのでしょうか」などなど。

色とりどりのスプレーで落書きされた林邸は、周囲の景色から浮いていた。なにか奇妙で滑稽で猥褻《わいせつ》だった。私にはその家の姿が、林真須美さんそのものとだぶってくるのだ。どこかピエロ的だ。派手なコスチュームなのに顔は泣き顔のピエロ。どんなに拍手を浴びてもそこには観客の嘲笑《ちょうしょう》が混じっている。そんなピエロのイメージ。それを林邸の落書きが作りあげていた。まるで若者の共同作業の作品みたいに。

多くの落書者は、夜中にこっそりとやって来て壁に落書きをしていくらしい。なかには塀の中に平気で煙草を投げ捨てていく人もいるという。近所の方たちは「いくら注意しても、毎回やって来るのは別の人だからキリがないんです。でも、火の始末だけは心配で……」と語っていた。早くこの事件を忘れてしまいたいと思っている地域の方たちにとって、この落書きは「事件はまだ終わっていないよ」と主張してくる。それが辛いと語る。

地域の方たちには本当に申し訳ないのだけれど、私はテレビで林邸を見た時に、この家を自分の目で見てみたい、という強い衝動を感じてしまった。もちろん、落書きをしたいわけではない。ただ、この目で直接に見てみたいと思ったのだ。それほどに林邸の落書きは凄まじくインパクトがあった。テレビ画面を通して林邸を見た時の衝撃をうまく言葉で表現できない。どすんと重たいものを胸に乗せられたようなそんな感じ。

これを間近で見たらいったい何を感じるだろうと思った。不謹慎で申し訳ないし、こんな下世話なことを思いついて恥ずかしいのだけれど、見たいと思ってしまった。テレビを通して見た林邸は、私になにかを訴えてくる。そのメッセージの内容を私はうまく把握できない。記憶を探ると、それはこんなイメージに近い。《アウシュビッツの義足の山を見た時に受けたある種の衝撃》《人間の内臓を見た時の衝撃》そして《神戸の震災の時に家が崩壊し家財道具が散乱し雨ざらしになって積み上げられているのを見た時の衝撃》。こういう時に私が感じるなんとも言えないある種の感覚が、林邸を見ているとこみ上げてくる。私だけなんだろうか、こんな感じをもつのは。そして、これらの《感じ》は、ある種のアートと出会った時に私が感じる感覚とどこかで共通しているものだ。

テレビでコメントする大人の人たちは、この落書きを「若者の悪意の象徴」と言う。

悪意。確かに悪意と言えばそうかもしれない。林夫妻に悪意を抱いている人は多い。そしてそれをふいに噴出させにくる人は確かにいるだろう。でも、この林邸の落書きは本当にそういう悪意の象徴なのか？　重ねがさね不謹慎なことを言って申し訳ないのだけど、私にはこの家が、ひとつの作品に見えてしょうがないのだ。

表現とは何か……と考える時にいつも思い出すのは「たけしの誰でもピカソ」という番組だ。この番組を見ていると人間とは表現したい存在なのだなあと思う。

勝ち抜き戦のアート・コンテストがある。毎回、さまざまなアーティストがスタジオに登場するのだが、その表現方法の多様さに感動すら覚える。なにか目から鱗《うろこ》が落ちるような思いがする。そうか、表現していいのだな、と。誰でもクリエイティブに自分の内面を表現することが可能なのだ。それの出来不出来は問題ではない。評価は他者がすることだ。表現は芸術家の専売特許じゃないのだ。だけど、表現というものがあまりにも特化されて特別視されるから、人は自分が表現者であったことなど忘れているのだ。こんなにも表現したいのに。

以前この番組に、カーリーヘアーのかつらをつけた不思議な男性のパフォーマーが登場したことがあった。彼は無表情で「シャボン玉飛んだ」を歌いながら、自分の子供の頃の写真を一枚一枚めくっていくのだ。それだけの表現であるのに、なぜか私はその様子から何かを感じてしまう。今、自分が感じている感情が何なのかわからないが、彼の立ち居振る舞いから何かを感じてしまう。審査委員も高得点を出していた。何かを感じたのは私だけではない。共通のイメージを感じていたのだと思う。それがはたして世代や個人の性質を超えて感じるコモンセンスなのかどうかはわからないが、表現とは高度な技術を要するものではない。もっと神話的なものなのだ。

で、話は戻るのだけど、林邸の落書き。この落書きって、ひどいなあと思う。なんだか見ていると心が荒《すさ》ぶなあ、と思う。たとえば林さんの子供たちがこれを見たらどんな気分になるだろうと思う。だけれども、私はこの落書きが「悪意の象徴」というふうには見えない。なにかを感じてしまう。悪意以外の別のものだ。

落書きは、誰かが最初に始めた。どんなキモチだったのか私にはわからない。とにかく何かを書いてやりたかったのだろう。すると、次に来た人がそれを見て「俺も書いてやれ」と思った。そして次に来た人もそう思った。落書きはスペースが必要だから、他の人が書いた落書きを読んで、なんとなくバランスを考えて「俺はここに書くか」と決める過程があるはずだ。そうやって、次から次へと人がやって来て、誰かの書いた落書きを眺め、そこに自分を参加させていった。そしてでき上がったのが、あのピエロのような林邸だ。落書きの言葉は、林夫妻を罵倒《ばとう》するというよりも、ちゃかす、あるいはバカにしたようなものが目を引く。なんだか哀れんでいるようにすら感じる。もちろん林夫妻の事件とは何の関係もない落書きも多い。落書きは犯罪だし、近隣の住人の方々の心情を思えば道徳的に許されるものではない。だけれども、何かを感じてしまう。これをいかんともしがたい。私はなんという不道徳な女だと思う。

和歌山の園部の町に、不特定多数の人々が共同製作した《家》。私には林邸がそう見える。反逆的で、不条理で、下世話で、下品で、見ているとたしかにムカムカするのだけれど、でも、私はこの《家》から哀れみと共感を感じてしまう。若者から林夫妻へのメッセージとして。ニュースが伝えなかったこと、メディアが伝えなかったこと、みんなが感じていたのに表現されなかった事件の背後にあるもの。いつも隠されてしまうもの。そんなものが、形を変えてあらわになっている。そう思えてしょうがない。

メッセージが常に心地よいものとは限らない。心に届くものがたとえ不快であっても、なにかが表現されてしまえば、それは表現だ。

空き缶を塀の上に並べて置くのも、部屋をゴミで埋めるのも、落書きするのも、自覚していないだけで個々の人間の悲しい表現なのかもしれない。わざわざ生ゴミを道路に捨てたり、トイレの壁にエッチなことを書いたり、タバコの吸い殻を投げ捨てたり、女の子のブラウスを切り裂いたり、犬の顔にマジックで絵を描いたり、底の高いサンダルを履いて転んだり、髪を白髪にしたり、あらゆる行為はなんらかの表現なのだ、と。

そう思って見ると世の中の見え方が変わってくる。無意識の表現者がたくさんいて、無自覚的にこの都市を共同作業で作っている。渋谷も新宿も原宿も表現者たちが無意識に共同作業で作り上げた作品だ。多くの人たちの無意識が作り上げた「街」というアート。なぜ自分がこんなことをしているのかわからない。でもやりたいからやっている。自分が何に不満をもち、何をやりたい人間だったのかを再発見するための準備期間に若者は街にたむろする。

だけど、ある時ふと自分は何をしたかったんだろう、自分はもしかしたら表現したいのか……と自覚したらそれが転換点だ。無意識的な関与から意識的な関与への転換。それはよく「自己実現」なんて呼ばれたりする。自分がやってることは心の表現なんだと自覚できた時に何かが変わる。誰もが自分もピカソだと自覚できた時、世界の見え方が変わるのだ。あらゆる猥雑で下品で不道徳な行為の向こうに、表現の可能性を信じる。人間のやることにムダな行為なんて何もない。

キモチイイコト

歩きながらよく躓《つまず》いていた。彼はいつも足下が暗いのだ。

けっきょく彼は、梅雨と夏の境目が越えられずに夏至で躓いてそのまま死んでしまった。彼は自殺したのだ。長いこと鬱《うつ》病だった。知り合った当時、私は二四歳。心理学の勉強をしていて、人の心のひだを虫眼鏡で押し広げるのが趣味だった。彼の鬱病は私にとって「生サンプル」であり、だから私は自分から彼に近づいて行った。友達になりたかったからじゃない、と今ははっきり自覚できる。

傲慢《ごうまん》にも、私は彼を治そうとしていた。自分の「カウンセラーになりたい」という願望を彼によって満たそうと試みた。病院を嫌っていた彼を親友気取りで説得し、精神分析医に紹介した。薬の投与を受けると彼の病状は安定し、あたかも治療は成功したかに思えた。彼の顔つきが明るくなって、快活になった。私は自分の判断が正しかったことに満足しめいっぱい自分を褒めた。そして、すべてが良くなるように思われた時、突然、彼は死んでしまった。理由はわからない。一〇年も前の話だ。
鬱病の患者さんは、元気を取り戻した時が危ない。本にもそう書いてあった。知識としては知っていたけど、まさかと思った。バイバイと彼が手を振って非常階段をゆっくりと落ちていく夢をよく見た。彼は知っていたのかもしれない。私の欺瞞《ぎまん》、おためごかしの親切、傲慢、病気に興味があるだけなのに友達のように親しげに彼に接していた、その心の嘘。

七年ほど前に、重度の脳性小児麻痺《まひ》の在宅介護に参加した。朝刊を読んでいたら「重度障害者に自立の道を」という記事が目についたのだ。脳性小児麻痺で一人暮しをしている女性が介護者不足に悩んでいる、と書いてある。二四時間の介護が必要な彼女をボランティアが三交代で介助しているが、深刻なボランティア不足で外出すらままならない、都市で障害者が自立することは不可能なのか？　と結んであった。何かしたいと思った。ずっと人の痛みを知ることについて考えていた。でも考えてもわからない。ヒントが欲しかった。その場で新聞社に電話をしたら、連絡先を教えてくれた。教わった電話番号に電話すると、留守番電話だった。自分の名前を名乗って、新聞を見て電話した、と告げたらいきなり誰かが電話をとった。

「ハチメマシテ」と、ひどく聞きづらい発音で彼女が電話に出たのだった。

まったくおめでたい話なのだけど、私はそのとき、自分が介護者になるというところまで考えていなかったのだ。なにか文章を書いて彼女を支援できるのではと思っていた。ところが会いに行って、二時間話を聞いたらどうにもこうにも断ることができなくなった。翌週には私の名前が彼女の介護者カレンダーに書き込まれてしまったのだ。

私は会社が終わると、というかほとんど仕事を途中で抜け出して世田谷の彼女のアパートまで行って、ご飯を作ってお風呂に入れる。お風呂は部屋にもあるけれど、彼女は銭湯に行きたがった。広くて気持ちいいからだ。銭湯に彼女を連れていくのは骨が折れる。小児麻痺とはいえ成人なので、彼女を抱き抱えて風呂に入ると、腰に負担がかかる。いつしか腰痛持ちになった。会社に戻ると風呂上がりの匂いがするので恥ずかしかった。「ラブホテルでも行ってたの?」とよくからかわれたりした。

お風呂介護は裸と裸の付き合いだ。最初は抵抗があった。服を脱がせると彼女は栄養失調の難民の子供みたいで、手や足が不自然に曲がっている。当時彼女は三六歳だったけど体重は三〇キロだった。おっぱいの膨らみもない。大人の女の身体ではなかった。でも陰毛はある。自由に動けないので、座らせ方が悪いとあられもない格好になってしまう。最初の頃は裸同士でもつれあいながら着替えをした。こんなに未成熟な身体なのに、毎月ちゃんと生理が来る。彼女には人間として欠損しているものは何ひとつないのだ。完璧だ。ただ、発達が悪いのと神経がうまく繋がらないということを除けば。

「ナプキン取り替えるだけで一日終わる、はやくあがっちゃいたい」

と彼女は笑っていた。

私は最初、彼女のことをどう扱っていいかまるでわからなかった。自分と違いすぎる。「動けない」ということの実態が理解できない。彼女は自力で正座していることも困難なのだ。もちろん言葉もうまくしゃべれない。行動を起こす時はもつれたあやつり人形みたいにもがく。その度《たび》にこのまま死んでしまうのではないかとドキドキした。

私は彼女に、まず子供にしゃべるように話しかけた。すると彼女は私に言ったのだ。

「ワタシハ、アタマハ、セイジョウダヨ」

彼女は、賢い、自立した女性だった。行政や世の中に自分の生存権利を問うていた。彼女と知り合ってわかったことがあった。障害者が自立する、それがすでに戦いなのだ。生きていることが戦いみたいな生活があるのだ。生きているだけで革命であり仕事なのだ。

私は彼女のことを知れば知るほど、彼女をどう扱っていいのかわからなくなってしまった。よけいなことをあれこれ考えてしまう。こんなことしたら彼女の自尊心を傷つけないか、彼女を怒らせはしまいか……と。お風呂の帰りに彼女がジュースを奢《おご》ってくれるという、それを貰っていいのかどうか悩んでしまう。生活保護を受けている障害者からジュースを貰うなんてとんでもない。しかし、じゃあ私が買ってあげるべきなのか、それも彼女を傷つけるのか、自分の分だけ払えばいいのか、でも、彼女は受け取らない。

彼女の食事の支度をする。すると彼女は今日は寿司がいいという。そんな贅沢をしていいのかと悩む。私の中には障害者は贅沢してはいけない、という奇妙な既成概念があって、彼女が生活を楽しもうとすると、ハラハラしてしまう。そんな自分が嫌だったが、気分がうまく着地しない。

結局、彼女に言われるがまま、自分からは何もできないボンクラな介護者になっていた。ただ、言われたことをやるだけ。そして帰るだけ。これが介護かと思った。とても自分には続けられそうもない。こんな受け身なことが介護なのかと悩んだ。

ある時、偶然に別の曜日の介護者といっしょになった。

「このアパートで自立し始めた時から通ってるんですよ」

と彼女は言った。介護者は時間で区切られているので、自分以外の介護者はどんな人がいるのかわからない。介護者同士の連絡は小さな大学ノートによってのみ行われていたのだ。その日、たまたま近所を通ったから寄ってみた、という介護の女性は二八歳のOLだった。福祉関係の学校を卒業したけれど椎間板《ついかんばん》ヘルニアになってしまい、今は普通の勤め人をしているということだった。

いっしょに夜道を歩きながら、私はすっかり愚痴を言っていた。

「なんだか何やっていいかわからないし、ただ、ご飯を作ってお風呂に入れるだけの介護って、すごく苦痛なんです。これでいいんだろうかっていろいろ考えてしまって……」

すると彼女はやけに明るく言うのだ。

「ぐたぐた考えないで、気持ちいいだろうって思うことをなんでもやってやればいいのよ」

「気持ちがいいこと？」

「そう。介護はね、気持ちよければいいのよ」

そんなもんなのか、と思った。しかし気持ちがいいことってどんなことだろう。介護されたことのない私には見当もつかなかった。それで私は彼女に頼んで、一度、自分を介護してもらったのだ。いったい彼女がどんな介護をするのか知りたかった。自分が体験すればなにか見えるような予感があった。

実際に自分が障害者になったつもりで身体を拭いたり洗ったりしてもらった。ひどく恥ずかしかった。自分を相手に投げ出すことにこんなに気持ち的な抵抗があるとはびっくりした。もし、相手が自分に好意がなかったら、自分を委《ゆだ》ねるなどという恐ろしいことはできないなあ、と感じた。

意外な発見がたくさんあった。たとえば、足の指の叉《また》をていねいに拭いてもらうととっても気持ちいいのだ。それから、肺の上や首筋に熱いタオルをのせられるとじわーんとお風呂に入ったみたいに気持ちいいのがわかった。生理でお風呂に入れない時はこうしてあげればいいんだな。手を拭く時も、指と指の間を丁寧に拭いてもらうと気持ちいい。頭のてっぺんを冷たいタオルで冷やすと気持ちいい。身体を緩く引っ張ってもらうと気持ちいい。

翌週、さっそく自分が気持ちいいと思うことを、彼女に試したくなった。冷たいタオルを頭に当ててお湯に浮かべてあげた。すると、彼女は全身を脱力し、とても満足気に「アア、イイキモチ」と漏らしたのだ。なるほど。そうか、私は人の苦しみは理解できないけど、いい気持ちはわかるのだ……と、初めて心が彼女と共振した。そうだよ、もともと私は享楽的な人間なのだ。

苦痛は、あまりにも個別で多様で、それを共有するためには深い愛が必要になる。それは私の手にあまる。苦しみを共に生きるためには、宗教的な覚悟が必要なのだと思った。だけど、気持ちいいことなら大好きだし、苦痛よりもずっと共有できる。

それから私は、日常の介護の中で「なにが気持ちいいか」だけを考えるようになって「相手の苦痛を理解しようとする試み」「相手の痛みを理解する試み」をやめてしまった。やめた時にやっと、自分が解放された。奇妙な罪悪感から逃れられた。

それまで辛かったのだ。なにが辛かったのかわからないけど、介護に通うのがいやでいやでたまらなかったのだ。できもしないのに他人の苦悩をいっしょに担おうとしていた。だから健常者であることが申し訳ないような気持ちになっていた。私は五体満足なのだ。それが私だ。自分を否定して相手と関わることはできない。

それからは積極的に車椅子を押していろんな共同施設や、障害者イベントに出向いた。一〇〇人の障害者の中に自分が混じると外国に行った気分だった。不思議な違和感。異邦人の感触。障害者にもいい奴もいたし、感じ悪い奴もいたし、いろいろだ。なんかの時に障害者に、

「健常者のくせにこんなこともできないの？」

と言われた。そしたら彼女が、

「この人けっこうトロいから」

と笑って答えた。苦笑いを返して私は車イスを蹴り上げた。腹が立つのは立たないよりずっと楽だ。感情を抑えると介護は地獄だった。私はずいぶん多くの障害者と会ったけど、いまだに彼らの苦痛はわからない。わからないと言う時、ためらう。わからないと言い切っていいのかと。でもわからない。わからないと言った時に微弱電流のように走る心の痛み。このささやかな痛みだけが、私の感じる心の痛み。彼女がど

んなに苦痛に喘《あえ》いでも、私の身体は痛まない。

でも、体のどこを拭いてもらうと気持ちいいかは知っている。手がべとべとに汚れた時、どこを拭いてもらうと「きれいになった気分」になるかわかる。私が気持ちいいことは、彼女も気持ちいいらしい。この神様が与えてくれたすばらしい共通点。「違い」を理解するために自分を痛めつける。それには限界がある。でも「心地よさ」を知ることは苦痛じゃない。それはただ、自分らしくあればいいだけだから。「気持ちいいこと」を知ることは、あなたと私が「同じ喜びをもてる」という可能性につながる。そして、その先に「違い」がある。最初から「違い」を理解しようとすると、「わからない」という迷路に迷い込んでしまうのだ。

蒸し蒸しとした夏の気配を感じると、死んだ彼のことを思い出す。

私は彼のために奔走した。たくさんのおせっかいを焼いた。彼のために。だけど本当は、私が気持ちいいと思うことを、ただ彼にもしてあげればそれでよかったのかもしれない。私が気持ちいいこと。背中をさすってもらうとか、肩を揉《も》んでもらうとか、黙って話を聞いてもらうとか、自分のよいところを褒めてもらうとか、好きだよと言ってもらうとか、誕生日を覚えていてもらうとか。そんなとても他愛ないキモチイイコト。そこがきっと出発点だったのだ。

II　生きるためのジレンマ

人を殺す人、自我を殺す人

その男は、大泉学園の駅前のスナックで酔っ払ってた。

銀座でホステスのバイトをしていた私は最終電車で大泉学園の駅に着く。サラリーマンは改札を出ると階段を駆け降りる。タクシーに並ぶためだ。長蛇の列の最後尾に並ぶ気がせず、私はいつも飲みに行った。女一人で飲んでいれば、奢ってくれる男はいっぱいいる。でも、店がはねた後まで男にサービスする気にもなれず、あまり客の来ないさびれたおでん屋でひっそりと飲んでいた。そうこうしているうちに、そのおでん屋の親父とすっかり意気投合してしまい、店を閉めるから飲みに行こうと言う。私はここで飲んでいて十分幸せなのだが、親父は自分の店だと飲んだ気がしないと言う。で、二人で近所のスナックに飲みに行った。そしたら、その男がジュークボックスの前で酔っ払っていたのだった。

スナックのマスターの話では、男は不動産屋だということだった。不動産屋の割には金持ち風でも遊び人風でもなかった。不動産屋によくいる花柄のネクタイもしていなかったし、どっちかってえと地味なタイプの男だった。

「おじさん、起きてる？　もう帰った方がいいんじゃない？」

なにやら、辛そうに見えたその男に、私は声をかけた。

「だいじょうぶ、だいじょうぶ」

男はテーブルに突っ伏したまま手をひらひらと振った。

「だいじょうぶじゃないよ〜」

揺さぶってみたけれど、ずだ袋のようだった。脂ぎった髪の毛にフケがびっしりとこびりついている。思わず手を引っ込めた。ひどく疲れているみたいだった。

「マスター、彼女に一杯、俺のおごり」

いきなりぴょんと顔をあげて、寝ぼけた顔で男が怒鳴る。

「私、いらないよ」

男は朦朧《もうろう》と呟く。

「いいから、いいから、俺のおごり」

私はずいぶん若い頃から、水商売で生きてきたので、辛そうな男はすぐわかるのだ。

この男はなにかとてつもない難題を抱えて、それで酔っ払っているのだなってのが背中からひしひしと伝わってくる。体全体から「困ったオーラ」が出ている。悩んでいる人を見ていると、胸が苦しくなって、肩がコリコリしてくるのだ。

「人生、いろいろあるからねえ」

二三歳のくせに、わかった風なこと言いながら、私は男の奢りの水割りをぐびぐびと飲んだ。それから、男が私に小銭をくれて、ジュークボックスで好きな曲をかけていいと言う。今どきジュークボックスなんて古臭いと思ったけど、マスターの趣味だったみたいだ。確かに、ジュークボックスのある店というのはなんとなく落ち着く。で、私は三〇〇円もらって、何曲か曲を選んだ。そのうちの一曲は「この世の果て」だったと思う。暗い店内に「the end of the world」が響いて、酔いつぶれた男と、場末のスナックのマスターと、おでん屋の親父と、しょんべんくさいホステスの私と、なんかその時だけ家族みたいに寄り添って歌を聞いた。そういう奇妙な瞬間が人生には時々ある。

それから三カ月もしないうちに、私は男をテレビで観た。

男は大泉学園の私のアパートの近所の一家を惨殺した。家族五人をめった刺しにして殺し、唯一その場にいなかった小学校五年生の女の子だけが生き残った。

後に新聞報道で知ったが、男は不動産鑑定士だった。ゆくゆくは自分で不動産取引をやりたいと考えていた。その方がお金になるから。男は野心をもったのだ。そして、男にとって初めて手がけた不動産物件、それが殺された家族の家だった。祖父の会社が倒産し、その家は裁判所によって競売にかけられていた。男は一億円でその家の権利を裁判所から買ったのだ。お金は銀行から借りた。大きな買い物だった。早く家を整理して売りに出さねばならない。

ところが、その家の家族はさまざまな理由をつけて、立ち退《の》きに応じない。男は銀行から一億の借金があり、立ち退いてもらわないと借金が利子を産みどんどん膨れ上がってしまう。しかし、家族は立ち退きを拒否し続けたのだった。

男は銀行の借金にだんだん追い詰められていった。話し合いに行っても家族はいっこうに応じない。裁判所に調停を申し立てても時間がかかる。時間がかかっては借金の利子で自分は破滅してしまう……。私がいっしょに酒を飲んだ頃は、男は日一日と増えていく銀行の借金で半ばノイローゼになりかけていた頃だったようだ。男は何度も何度も立ち退いてくれるように足を運んだ。が、その家の家族は頑として立ち退こうとしなかったのだ。

かつて一度、実兄の借金のことで弁護士さんに相談に行ったことがある。金融会社からの取り立てで母親がノイローゼになりかけていた。兄は母に内緒で母を保証人にしていた。それでも母は兄の借金を支払わねばならないのか、と。

すると、その弁護士さんはこう言い切った。

「だいじょうぶ、借金というのは返せない人が一番強いんです」

「金がない」のならどうしようもないのだそうだ。「ない」と言い切る奴から取ることはできない。「ない者勝ち」だそうである。この日本という社会はそういうルールだったのか、と私は不思議なショックを受けた。それは、なんというか、それまでの価値観がでんぐり返って、自分がよりどころにしてきたものが全部嘘だった……みたいな、足下の砂が波でざっくりもってかれたような気分だった。

男も、そんなショックを味わったんじゃないのだろうか。この世はルールを守らない理不尽がまかり通るのか……と。でんぐり返った価値観が元に戻らなくなって、男の自我は悲鳴をあげた。なぜ？　なぜ？　なぜ世の中はこんなに理不尽なのだ。なぜあいつらは俺を苦しめるのだ。あんなに平然と俺を苦しめるのだ。このままでは俺が破滅する。男は包丁を持って殴り込み、一家を惨殺した。包丁で斬《き》ろうとしたのは肉ではなく、理不尽さを強《し》いる相手方の自我という化け物だ。自我に思い知らせるために肉を斬る。死んだら思い知れないのに、興奮しているので理解できない。一家五人をめった斬りにした男は、まるで殺人鬼ジェイソンのように報道された。でも違う。ジェイソンは肉を斬るのが目的だけど、男は肉を斬るつもりなんかなかった。男が斬りたかったのは、唯一、相手の自我だ。

　私たちは誰でも、自我っていうやっかいなものをもっている。自我がなかったら、本当に楽である。自分と他を区別しているのが自我だ。自分が自分であるために持っているのが自我だ。自我があると、仲間はずれにされれば苦しいし、人に認められたいし、人に馬鹿にされたら恥ずかしいし、自分をよく見せたい。保身に走るのも、他人の迷惑を顧みないのも、浮気するのも、浮気されて悲しいのも、みんな自我のしわざだ。自我を捨てれば心の悩みはなくなる。自分を他人のように感じればすべてはどうでもよくなるはずだ。

いじめられた子供が自殺するのは、自分の肉体を殺したいのではなくて、自分の苦しむ自我をなくしたいからだ。肉体に罪はない。でも、肉体と自我は切り離せないので、自我を殺そうとして命まで奪ってしまう。

多くの場合人は肉体を抹殺したいのではなくて、相手の自我を殺したいのだ。

犯行後も、男は、ぐずぐずと現場に居た。だからすぐ捕まった。なんであんなことを……と、みんなが言った。相手の強欲な自我を殺したはずなのに、はっと気がつくと血まみれになって肉を斬っている。自分が殺したかったのは相手の自我なので、殺人者は愕然とする。法律では肉体と自我は分けられていない。いったい殺意とは、肉体を殺そうとすることなのか、それとも自我を殺そうとすることなのか……。憎いのは自分の思い通りにならない相手の自我。だけど、自我に思い知らせるために肉を斬る。相手は死ぬ。死んだら自我は消滅する。残るのは無残な肉の塊。そこには自我はない。結局、殺したところで人は自分の思い通りにはならないのに。

神戸の殺人事件の一四歳の少年は、明確に「肉体」を刻むことが目的だった。だから相手は誰でもよかったのだ。そこに異常性がある。世間を騒がせた保険金殺人も肉体を殺すのが目的だ。最初から肉体殺しを目的とする殺人者は、それは殺人者ではなく「屠殺者」だ。それゆえ、「自我殺し」と同じ「殺し」として語りたくない。二つの犯罪は同じ「殺人」であるけれども、実は殺そうとしている対象が異なるのだ。屠殺者のことはわからない。でも、自我を殺そうとする殺人者のことは少しわかる。思い通りにならない他人の自我を、私もときどき殺してやりたいと思うから。

母親のお仕事

「なぜ人を殺してはいけないのか？　という質問に答えられなかったことがショックだった」

一九九九年初頭。「NEWS23」という番組にゲスト出演していた作家、柳美里《ユウミリ》さんがそう語った。彼女が書いた『ゴールドラッシュ』（新潮社）という小説は、当時、大ベストセラーになっており、今という時代を見事なまでに表現した作品として絶賛されていた。彼女は「NEWS23」に出演したことがこの小説を書くきっかけになったのだと語った。

二年前（もう二年も前なのだ）神戸の一四歳の少年が起こした事件。年下の少年の首を切断し、中学校の校門に置いたあの猟奇事件。犯行がわずか一四歳の少年によるものであったことが日本中を震撼《しんかん》させた。子供の心の闇はここまで深かったか、と大人たちは嘆いた。「NEWS23」では事件後、思春期の青少年を集めた討論会を行った。その時に、一人の少年から「なぜ人を殺してはいけないんですか？」という質問が出たのだ。

「ナゼ人ヲ殺シテハイケナイノカ？」

スタジオの大人たちはこの率直な問いに明確に答えられなかった。そして、その時スタジオにいて、答えを出せなかった大人の一人として、柳美里さんなりの答えが『ゴールドラッシュ』という作品に凝縮されたのだという。

私は、この討論会をテレビで観ていた。お茶の間から、何千万何百万いるうちの一人の視聴者として。実はその時、私の横には久しぶりに泊まりがけで遊びに来た私の友人のノリコがいた。その日ノリコは子供を連れて湯河原温泉にある我が家に泊まりに来ていたのだ。私たちはワインを抜いて、いい気分で酔っ払いながらBGM代わりにテレビをつけっぱなしにしていた。動かなくてもいいようにテーブルにつまみをありったけ並べて、デレデレと怠惰に飲み続けていた。

「なぜ人を殺してはいけないんですか？」という質問がスタジオの少年から出た時に、彼女はテレビに向かって「アホか！」と怒鳴った。

「なんでどいつもこいつも、このバカ少年の頭をぶんなぐってやんないんだろうね。

私が親だったらこいつの頭をドついて、家にひきずって帰るけどね」

と、彼女は言った。

「まあまあ、だってテレビだからさ。みんなそういう大人の権力を振りかざしてはいけないと思ってるんだよ」

なぜか彼女といると私はいつもなだめ役に回ってしまう。

「違うね」

彼女は断言した。

「この番組に出てる奴らは、みんな頭でっかちの男か、もしくは子供を産んだことのないガリガリ女みたいな奴らだからなにもわかってないんだよ」

彼女はテレビ画面を睨《にら》んだ。まるで喧嘩を売ってるみたいに。

「こういう番組にはね、いや、こういう番組こそね、そこらのフツーの母親が出てこなくちゃダメなんだよ。なんでこんな頭でっかちの男と女ばかり登場させるんだろうねえ」

確かに言われてみるとなるほどと思う。たぶん、物事を論理的に語り合うのに、主婦や母親は適切ではないと判断されているのだ。女はすぐに自分のレベルに話題を引き下げる。高尚な議論には向いていない。しかもボキャブラリーが少ない。きっと議論をダメにする。そうプロデューサーが考えたのかもしれない、と、私は番組担当者の気持ちになって空想する。

「そこらのフツーのお母さんが出てきたら、感情論で終わってしまうんじゃないの?」

彼女は、あーあこれだから……、という眼で私を見る。

「あのな、感情論のどこが悪いんや。なんで人を殺してはアカンかなんちゅう問題に感情以外のどんな回答があるっちゅーんや。感情は思考より劣ると信じ込んでるのはナ～ゼ? ええか、人間はな感情が優先や、その次に思考や。それが逆になっとるから、自分の気持ちがわからん子供が増えてるんや。だいたいなあ、この人らエラそうな顔して並んどるけど、人なんか戦争でいっぱい殺してきた男がだよ、人を殺してはいけません、ってルール作って子供に押しつけて、子供がハイそうですか、って信じますかいな」

ついに彼女は生まれ故郷の大阪弁をしゃべり出した。

「じゃあさあ、あんたは、人を殺してはいけない理由が言えるの?」

「それは、子供を産めばわかる」

彼女の鼻の穴が膨らむ。

「そんなんじゃ男は一生わからないじゃん」

なんでか私は男の味方についている。

「だから男は戦争するんだよ、バカで人を殺してはいけない理由がわかんないから」

「子供を産むと本当にわかるの？」

「わかんないアホ女もたまにいるけどね、だいたいはわかる」

彼女が言うには、子供というのは、自分から生まれてくるそうなのである。自分の判断で自分が出てきたい時に自分でうんこらしょと出てくるそうなのである。生まれる時は自分で決める。そして、体内に宿った瞬間から生きようとし始める。

「確かに、死のうとする胎児なんて聞いたこともないもんな」

「そやろ、赤ちゃんってのは、そらあもう必死で生きようとしてる。なぜだかわからん。とにかく生きようとする。本能っていうんかなあ。その生きようとする生命力はすごいんや。生まれてきて、ぎゃあぎゃあ泣いてミルクほしがって、うぱうぱ飲んで、寝て、うんこして、一生懸命お母さんの顔を覚えてなあ。だって、赤ちゃんはお母さんが命綱やから、顔覚えんかったら死んでしまう。だからもうお母さんのことは真っ先に覚えるんや」

彼女は眼をくりくりさせて私を横目で見る。その得意気な顔が憎たらしい。

「ふうん、そういうものなのか」

私がしぶしぶ答えると、彼女はさらに畳み込むように言った。

「そうや。誰でもそうやって大きくなった。自分が生まれたくて出てきて、必死で生きようとしてた。そしてな、これが大事なんやけど、生まれたばかりの赤ちゃんはほっておいたらどうなる?」

「そりゃあ、死ぬでしょう」

「そやろ、人間は三、四歳くらいになるまで、ほっておかれたらすぐ死ぬ存在なんや。二歳くらいまでは誰かがつきっきりで、ご飯食べさせたり、おしめとりかえたり、とにかく四六時中誰かの世話が必要なんや。ようは二四時間介護が必要な人間ってわけだ。つまりな、こうして自分が生きているってことはよ、誰かがそれをやってくれたっていう証《あかし》やねん」

すべての生きとし生ける人は、二歳までの間に誰かがつきっきりで寝食を削って自分の世話をしてくれたはずだ。彼女はそう断言する。そうでなければ、赤ちゃんは死ぬのだそうだ。世話をしてくれたのが母親であれ、父親であれ、施設の人であれ、この二四時間つきっきりの世話というのを誰かがしてくれたからこそ、今生きているすべての人は存在している。

「それを考えたら、人間が生きているってすごいなあ、って思わへんか？　こんなたくさんの人がだよ、生まれてすぐに死なずに、誰かの世話になってこうして生きているわけや。うちなあ、母親になって思ったんよ。よくもまあ、みんな子供を殺さずにやってるなあって。だって、あんた本当に二四時間介護やで。それでもさあ、殺される子供なんてめったにいないわけよ。なんだかんだ言いながら、大人になる。すごいことだよね。奇跡だよ奇跡」

「うーん、そんなふうに考えたことはなかったけど、確かに、当たり前すぎるけどすごいかも」

「なんで、赤ちゃんは殺されずに生き延びると思う？」

こうなるともう彼女の独壇場である。

「わかんない」

「赤ちゃんのもっている生きようとする力が大人を感動させせんねん」

「生きようとする力？」

「そや。そりゃあもう、生まれてきたってだけですごいんやけど、その後も、成長して生きようとする力に大人は茫然とさせられる。目から鱗やね、もう、赤ちゃんのパワーは。それを見せつけられるから、大人はもう赤ちゃんの奴隷になって育てるんよ。赤ちゃんは、大人を圧倒して、屈服させるくらいの力を持ってるんだと思う」

彼女は身振り手振りを交えて赤ちゃんの生命力を賛美した。この人、政治家になったらけっこうイケるかもしれない、と私は思う。

「そういやあ、赤ちゃんて、なんか存在がきらきらしてるよね」

「誰でもそうやったんや。そのことを知っているのは母親だけや。腹の中で暴れたことまで記憶してるのは母親だけや。だから、あたしはね、なんで人殺したらあかんのか、とか言うボケガキには、お前がどうやって生まれてきてどんなに必死で生きようとしていたか、ってことを話してやらなあかんと思う。どれくらい、生きたがって泣いて叫んでもがいたか。手のひらに乗る大きさのくせに、自分で産道をこじあけて出てきたこと、生まれてから二年間、ただ生きるためだけに懸命だったこと、そしてそれがどんなに世界を明るくしたかってこと、全部話してやる。そんで、この世の中の誰もがそうやって生まれて来たんだってこと、わからせたる」

画面の筑紫哲也に向かって、彼女は「ファック・ユー」のポーズをした。そのガッツに私は圧倒された。彼女は在日三世だ。きっと彼女の母親も彼女にこんなふうに生命を教え込んできたのかもしれない。日本という異文化でたくましく生きのびるために。

私は去年、母親を亡くした。母親が死ぬ前に私が伝えたことは、「私、生まれて来てよかった」っていうことだった。そのことだけは母が生きているうちに伝えなければと思った。思春期の頃、私は母に「あんたが産んだから私は生まれたんだ」と言って、毒づいたことがあった。私は長いこと「生まれさせられた」のだと思っていた。父と母に。母が死ぬ頃になって、ようやく自分の命というものが「自分のものだ」と思えるようになった。ずいぶんと長い時間がかかったものだ。どうしてこんな簡単なことを実感できなかったのか。自分の命がなんなのかすら考えなくていいほど平和で健康な人生を歩んできたからなのかもしれない。自分の命。それがわかってやっと他人の命におぼろげに触れられるようになった。

世界のお母さんたちは、言葉にはしなくても子供は自分で生まれてくることを知っている。あまりにも当たり前すぎて、当たり前すぎるから忘れてしまうけれど、人間は自分で生まれたくて生まれてくるのに、生まれたとたんに誰かの世話なしでは生きられない、悲しい生き物だ。

今、六〇億以上の人間が地球上にいる。でも生きている人間はみんな誰かの世話になって成長した。四時間おきにミルクをもらって、身体をふいてもらって、うんこを掃除してもらった。すべての人がだ。そう思うと、確かにすごい。奇跡のようだと思う。それを成し遂げているのは、ごくあたりまえに生活している、本当にその辺にいくらでもいるお母さんたちなのだ。小説家でもテレビキャスターでもない、言葉をあまり持たないおっかさんたち。

「テレビで偉い人がごたく並べるよりも、家でお袋さんが、子供たちに、生まれた時のことを教えてやるほうがずっといいと思わへんか？　親はね、子供が生まれる時は命だけは無事で、って願うんよ。そして生まれたことを本当にありがたく思うんだ。ああもう何もいりません無事で生まれてくれただけで、って。その気持ちを子供に伝えてやるだけで、子供はほっとするやろ。なにしろ、人間は生まれてきた時のことなんか全部忘れちまうんやから。それを伝えてやれるのは母親だけなんよ」

彼女の母としての自信、それがまぶしい。

最近は「マザリング」と言って「母親の仕事」について研究がなされているらしい。母親学という言葉もよく聞く。「母親の仕事」それはこれまで「家事育児」なんていうとてつもなく大ざっぱな言葉でくくられて来た。けれど、母親の仕事というのはもっと神聖で、もっと精神的な部分を多く含むのかもしれない。母の仕事、それは「誕生」という瞬間を記憶し、そしてそれを忘れていく者たちに伝える仕事。とてつもなく大切な命の仕事なのかもしれない。

とほほな人々の生きる道

新宿紀伊國屋書店の新刊コーナーに『「少年A」この子を生んで……』(文藝春秋)がずらりと並んでいた。「あ、これ読みたかったんだ」と私が手に取ったら、友人の編集者が「それ、つまんなかったよ」と言う。なんだか奥歯にモノのはさまったような感じの内容だった、と彼は文句を言った。

「肝心なコトが何も書いてないんだよ」

肝心なコトって何だろう。私はレジに立ってぼんやりと考えていた。なぜ少年が犯行に走ったか、その理由だろうか。でも、それを一般人の両親が自己分析できるものだろうか。私がこの本に興味をもったのは、週刊文春に掲載されていた読者からの感想文を読んだためだ。読者の感想があまりにも私の心情とかけ離れているので、いったい何が書いてあるのか知りたくなったのだ。

一九九七年に「酒鬼薔薇聖斗」の事件が起こった。私は毎朝、番茶をすすりながらちゃぶ台に肘《ひじ》をついてドラマを楽しむみたいにワイドショーを見ていた。外は初夏のポカポカとしたいい陽気だった。湯河原の山も海もまったりと平和であった。私の家から歩いて一分のところに小学校があるのだけれど、子供たちは毎朝元気に登校していた。テレビで見る限り、神戸市須磨区だって海と山に囲まれた気持ちのよさそうな場所に思えた。計画的に作られた新興都市と報道されていたけれど、でもまあ庶民には暮らし良さそうなところじゃないか、って思えた。そんなところで日本を震撼させるような猟奇事件が起こったわけなのだが、私にはそれが自分の日常と遠いのか近いのかさっぱり遠近感がつかめなくて、途方に暮れてしまったのだった。

かように、私は「とほほ」なのである。「酒鬼薔薇聖斗」の事件に関する限り、私の感想は「とほほ」であり、あまりにも日常とかけ離れながら、でもその事件の本質が日常と深く関わっているかのごとく見えるため、どうアプローチしていいのやらわからず、ただ途方に暮れてしまう……という有り様なのだった。私はすぐに途方に暮れる。とりわけ深刻な事件になるほど事件と自分の距離がわからなくなり「とほほ」である。

ところが、週刊文春に掲載された読者の感想を読むと、他の人たちはこの事件を

「社会の問題」「家族の問題」として感情移入していることに驚いてしまった。「酒鬼薔薇聖斗」のご両親に怒りを感じている人、同情している人、日本の問題だと感じる人、教育の荒廃を訴える人、さまざまだ。さまざまだけれども、皆、非常に熱く事件に近い。なにかこう文面からある種の興奮を感じる。少なくとも、私みたいに距離が計れず「とほほ」と途方に暮れているような人はいないのだった。

そして、『「少年A」この子を生んで……』を読んで感じたことは、このご両親も私と同じように「とほほ」だなということだった。だから、私はこのご両親の「もうどうしていいかわからない」という途方の暮れ方は自分といっしょなので、とても共感できてしまうのであった。どうもご両親は、今でも自分たちと事件の距離を把握できないでいるようだ。

それを「親としての責任がなさすぎる」と一部の読者は責める。「いっしょに暮らしていながら息子の犯罪を知らないでは済まされない」とある人は言う。でも、と私は思う。目に見えない不安をひとつひとつ暴き出そうとしたら、人は神経症になってしまうではないか。北朝鮮からミサイルが飛んで来ないだろうか？　原発は事故を起こさないか？　ダイオキシンで癌にならないか？……。自分の子供は変質者ではないか、娘は援助交際しているんじゃないか、亭主は浮気してるんじゃないか、実は我が子は殺人鬼ではないか……と、そんなことを突き詰め暴きながら暮らせるだろうか。「まさかまさかで明け暮れる」は、良くも悪くも一般庶民が生きていくために身につけた知恵なのだ、と、一般庶民な私は思うのだった。

私には市井《しせい》の人々には「暮らす力」っていうのがあるような気がしてならない。この基本的な「暮らす力」が身についていれば、どんな災難があってもどうにか笑顔で生きていけるに違いない、と私はそう思う。少年Aのご両親たちも、きっとまっとうに暮らしてきた方々なのだろう。だからこそ、事件後に自殺もしないで、発狂もしないで殺人者の息子の帰りを待ちながら、世間に謝罪しながら、二人の子供を育てて生きていけているのではないかと。

なぜ、そのことがもっと評価されないのだろう。政治家や財界人のように社会的責任を負った人でも、失脚すると死んでしまったり、言い訳したり、開き直ったり、自己保身に走ったりするのに、こんな気の弱い、とほほな人たちが、途方に暮れながら懸命に本を出して世の中に謝罪して、印税は遺族に渡し、子供たちを育てている。それって、凄いことなんじゃないだろうか。

それができるのは彼らがベーシックな意味で生活者だったからだと思う。生活というものをして来なかった人は、いざとなるとてもモロいのだ。いかに仕事ができても、普通に暮らせない人はたくさんいる。そういう人は地位や名誉を失うと、暮しに絶望して死んだり、病気になったりする。

暮しというのは「毎日を過ごしていくこと」、つまり日々暮れていくということだ。暮れては明けることの繰り返しが生活で、生活に追われているとなかなか物事に明確な結論が出せない。とりあえず寝て、起きて、食べて、排泄して、また寝たら一日終わりである。悩み事があっても「困ったな」と思っているうちに寝てしまうのだ。そして朝は来る。この、暮らすという現実の前で、理屈は邪魔だったりする。実は暮らすというのはお天道さまへの宗教的行為にすら近く、どこかで言葉を拒否しているのだ。

朝、すこぶる天気が良くて、小鳥がさえずって気持ちいい。その時に「気持ちいい」と感じてつい布団を干すのが暮らすということだ。ああ、いい天気だ布団を干そう、そう思ったとき不安は色あせてしまう。たとえ自分が、家を壊され、住むところもなく、着の身着のままだったとしても、「お天気がいいから、洗濯しよう」と思う人は、淡々と暮らしていく。

少年Aの母親も、きっと天気のよい日は布団を干して、ふわふわになるとうれしかったりするんじゃないだろうか。ゴミはきちんと分別するし、水と電気は大切に使うんじゃないだろうか。そのように暮らしている限り、人は生きていくし、何があっても乗り越えていく。生活の基本はシンプルで、暮しに喜びを見いだしてしまう限り人は絶望から立ち上がる。

「子供が殺人を犯しているのを知らなかったで済むか」と言われれば「済みません」としか言いようがないだろう。そんな時に「今日は布団を干してうれしい」と言うことすらはばかられるかもしれない。でも、ささやかな充実感こそが、生きる支えだ。

暮らしている人々の声はとても小さいので、なかなか聞こえない。聞こえてもバカにされたりする。ちゃんとご飯を食べようとか、もっと人と仲良くしようとか、困ってる時は助け合おうとか、水や食べ物は大切にしようとか、資源は節約しようとか、こういう緊急事態の時は最も優先される「暮し方」が、ふだんは言葉にするとダサいのだ。

『「少年A」この子を生んで……』には、途方に暮れて、それでも普通に暮らしていこうとする少年Aのご両親の姿が見える。それは「おもしろくない」かもしれないし、「なんだか答えのない堂々めぐり」かもしれないし、「心の闇を見ていない」のかもしれない。「無責任」なのかもしれない。すでに三五万部売れているという。でも、私はこの内容で良かったなと思うのだ。三五万人の人が「途方に暮れた普通の人の生活」を読んだ。そこには呪いの言葉は書かれていなかった。分析もないかわりに言い訳もなかった。ただおろおろとカッコ悪く「ごめんなさい、ごめんなさい」と人が生きていた。

でも、彼らは絶望してないし、死のうともしていない。それどころか生きていこうとしている。それを「反省の色がない」と言った読者の感想もあった。だけど、なにがあっても生活者は暮らしていく。それしかないじゃないかと思う。少年Aのご両親が責任を感じて自殺したところで何の解決にもならない。

「だから生きる」と言える凄さを、頭のいい人たちは忘れてしまっている。忘れて「このままじゃ日本社会は崩壊する」と悩んでいる。私は生活者のバカ力を信じたい。たとえ地球最後の日が来ても、ゴミは分別し、身の回りは清掃し、天気が良ければ布団を干す。殺人犯でも子供を愛し、絶望しても腹が減る。それが暮しだ。同じことの繰り返しができるアホの喜びだ。方法は違っても万国共通、些細《ささい》なことだけど、世界を支えているのは「暮らす人々のバカ力」なのだ。

その理由

その男は、珍しい死に方をした。

どういうわけか、男は古い便所の浄化槽の中から遺体で発見された。そこは取り壊された作業小屋の跡地で、今は使われていない便所の浄化槽だけが地中に残っていたのだ。昆虫採取をしていた少年が、偶然浄化槽の穴を覗き込んで、そこに人間の頭が見えたと言って騒ぎ出し、駐在さんに発見された。男の失踪から七日目のことだった。

その浄化槽のわずか直径三〇センチの入り口から、男は中に入ったらしいのだ。

当初は殺人事件として調査された。

でも、調査が進むにつれて、男がどこかで殺されて狭い浄化槽の中に捨てられた可能性は薄れていった。男には外傷というものが全くなかったのだ。死因は酸欠による窒息死だった。その浄化槽は胃袋のような形に曲がっていて、男はその狭い浄化槽の中に吸い込まれたように見事に収まっていた。まるで最初からその浄化槽の中で生まれて、その中で成長したみたいに。そして、成長しすぎた挙句、そこで窒息死してしまったみたいに見えた。だから男が発見された時に、男の死体を浄化槽から運び出すために、浄化槽そのものを壊さなければならなかったほどだ。

浄化槽はパワーショベルで掘り出された。地中から出てきた錆《さ》びた浄化槽は、なんだか古びた核シェルターみたいだった。それから、掘り出した浄化槽を巨大な電動のこぎりで切断したのだ。そうしたら、卵の中からひよこが出てくるみたいに、丸まった男の腐乱死体が出てきたのだ。

誰が考えても、この浄化槽に死んだ人間を押し込めるなんて不可能だった。こんなにぴったりと腕を組んで美しく収まるわけがない。つまり、男は自分からこの中に入ったのだ。そうとしか考えられなかった。まるでエジプトのミイラみたいに手を胸の前でクロスさせ、膝《ひざ》を折り曲げた状態で男は死んでいた。なんだか孵化《ふか》するまえの蛹《さなぎ》みたいだった。

それにしても、いったい何のためにこんなところに入ったんだろう？　と、町中の誰もが思った。二八歳のごく普通の男だったのだ。どちらかといえばインテリだった。ラテン文学とジャズを好み、町役場に勤めていた。まあ多少気難しいところはあるにしても、心優しい普通の男だったのだ。自分から好んで便所の浄化槽に入り、そこで死ぬような人間ではなかった。

だったらなぜ？　なんのために？

いろんな噂が流れた。誰かに脅されて入ったんじゃないかとか、覚醒剤を打ってたんじゃないかとか、実はスカトロだったんじゃないかとか、もうありとあらゆる噂が流れて、ありとあらゆる憶測が飛び交ったけど、男が死んだ後では、誰も想像以上に真実に近づくことはできなかった。

ある時、偶然にテレビの「B級事件特集」でこの事件を知った。妙に心が動いた。いったいなぜこんな奇妙なことが起こるのか？　考えても考えても私には、さっぱりわからなかった。だって、なぜ人間がだよ、汚くて臭い便所の浄化槽に、しかも入ったら絶対に出て来られないような狭い浄化槽に入ろうとするだろうか。入るためには相当の努力が必要だった。

警察の人が実地検証したんだけど、この浄化槽にすっぽり入るためには肩を一カ所脱臼しないと入れないって言うんだ。でも、なぜか男はすっぽり入っていた。男は小柄だったから脱臼をまぬがれたのかもしれない。そこまでしないと入れないほど狭いところに、なぜ入ろうと思う？　そんなこと、いくら考えたって入ってしまった男以外の人間にわかるわけがない。

わかるわけがないのだけれど、私は考えないわけにはいかなかった。

それからというもの、この疑問は頭の中に張られた蜘蛛《くも》の巣みたいに、いつも前頭葉にひっかかっているのだ。私は、長いこと男の死について考えると気分が悪くなった。あまりにも不可解で、私の理性が不可解さを受け入れ難く、考えると吐き気がしてくるのだ。男の死について考えることを体が拒否するのだった。このあまりの不合理な男の死は、私のつたない人生経験では納得も解釈もできなかった。お手上げだった。私には男の死を理解するどんな手がかりもなかった。それでも考えないわけにはいかず、でもいくら考えても結論は同じ。全く見当もつかないのである。

来る日も来る日も考えたけど、わからなかった。わからないのに、考えずにはいられない自分に私は疲れていた。でも、ふと気がつくといつも男のことを考えている。なぜ、なぜ、なぜ……。どうしても答えがほしかった、私を心から納得させてくれる答えがほしかった。でも、誰も私を納得させてはくれなかった。男の死はあまりにも不合理すぎた。

ある日、私は仕事の打ちあわせで東京に出た。湯河原を出たのは久しぶりで、私は用事を済ませてから久しぶりに映画でも観ようかと思った。何かに熱中している時は男のことを思い出さなくてすむ。身軽になりたくて、荷物を東京駅のコインロッカーに預けることにした。どのロッカーも混《こ》んでいて、私は北口の地下にある人目につきにくいコインロッカーまで歩かなければならなかった。古びたロッカールームは駅の死角にあって、そこだけがひんやりと静かだった。ロッカーを開けて、私はふと思った。

(ここに入れるだろうか……)

なにを馬鹿なことを、と打ち消したのだけれど、一度浮かんでしまった思いは私の理性を押し退けてごんごんと私に迫ってくる。

(このロッカーの中に入ったら、男の気持ちがわかるんじゃないだろうか)

コインロッカーはとうてい私が入れるような大きさじゃない。だけど、なんだか無理をすれば入れるような気がした。うちは小柄な家系だ。きっと入れるという奇妙な直感だった。きっと入れると思ったとたん、どうしても入ってみたくなった。入ったらすべてがわかると思った。すべてがわかると思ったら、もう逆らうことはできなかった。

私は頭を突っ込んでみたが、頭から入るのは無理そうだった。下から二段目のロッカーを選んで、そこにまず足を突っ込んでみた。足はするすると吸い込まれるようにロッカーの中に入った。それから体を折り曲げてお尻を入れてみた。ぎゅうぎゅうと力を込めて腕を支えに尻を突っ込んでみた。ぐいっぐいっとふんばると、食い込むように腰がロッカーの中に入る。

いける……、と思った。もう夢中だった。それからなんとか上半身を入れようと思うのだけれど、これが難しい。胸から上の部分がどうしても収納できない。さらに体をロッカー全体に押し付け、そして顔を胸にすりつけるようにして頭を突っ込んだ。もう目は自分の膝しか見えない。これで扉が閉まるだろうか？　私はかろうじて使える手で、手探りしながらロッカーの扉を自分で閉めた。

扉は、あっけなくぱたんと閉じた。

すごい静寂だ。

妙な満足感が湧き上がる。男もこんな気分だったに違いないと思った。いったい何を試したくて男が浄化槽に入ったのかわからない。でも、そうなんだ、理由のわからないことを解決するためには、理由のわからないことをやってみるしかないんだ。だから男もきっと何か考えても考えてもわからないことがあって、そしてきっと便所の浄化槽に入ってみるしかなかったんだ。

えもいわれぬなごやかで満ち足りた気持ち。こんなに気持ちが安らいだことは生まれてから一度もなかったような気がした。苦しさは、気にならなかった。ひどく息苦しいがなんとか呼吸はできる。

静かすぎるくらい静かだった。暗くて狭いロッカーの中は、まるでこの世のものとは思えない静謐《せいひつ》さだ。自分が空間に最大限に存在していることの喜び。世界と自分に隙間《すきま》のないことの心地よさ。私は世界と一つだと感じた。

ずっとこのままでいたかったのに、誰かがふいに扉を開けた。

妻子を捨てるアレルギー男

「愛する二人別れる二人」という番組がある。月曜日の夜七時という早い時間帯に、よくもまあこんな番組が……と思うほど過激な番組だ。登場するのは一般公募で選ばれた「別れたい」男と女。

夫が働かないで暴力を振るうんです、実は妻に男がいるらしい、夫の嫉妬《しっと》深さにもう耐えられません、水商売を始めてから妻が家に帰って来ない、などなど理由はさまざまだがとにかく夫婦のどちらかが別れたいと望み、離婚届を持参してスタジオにやって来る。

司会は、平成の説教オヤジ、みのもんたで、アシスタントに美川憲一がつく。みのもんたが脅し、美川憲一が説き伏せる。絶妙のコンビネーションである。

スタジオ内には数人の「御意見番」が座っている。デヴィ夫人、中尾彬、内館牧子……と個性派揃いだ。彼らが登場した男女に説教し、時には怒り激励して番組は進行する。えげつない番組である。他人の夫婦喧嘩を夕飯を食べながら観戦しましょう、という趣向である。が、恥ずかしながら私はこの番組が大好きで、絶対に、毎週欠かさず見ている。話し合いがエスカレートするとともに男と女の人間模様が露《あらわ》になって「渡る世間は鬼ばかり」よりもさらに面白い。剝きだしの欲、罵詈雑言《ばりぞうごん》、エゴ、欺瞞、うう、たまらない。私ってどうしてこう他人の不幸が好きなのかしら、と自分が情けない。

先日登場した夫婦も過激だった。働かず妻に暴力をふるう夫に妻が離婚届をつきつける。子供二人を顧みもせずに若い愛人宅に入り浸っているバカ夫。登場するや椅子にふんぞり返って開き直り、言いたい放題である。妻には愛情は残っていない、もう別れたいとごねている。親権は妻に譲るから一人になって清々したいと言わんばかりの傍若無人ぶり。そこに男の愛人も登場し「奥さんと別れて私と結婚して」と男に詰め寄る。すると男は言い切った。

「妻と別れたら、もう結婚する気はない。結婚しないけどお前とはつきあう」

愛人も妻もスタジオも、男のわがままな言い草に騒然である。もちろんテレビのこっち側で観ている一視聴者、つまり私も呆れ返る。御意見番の中で最も毒舌家のデヴィ夫人が男を攻撃する。

「あなたって最低な男ね。あなたは男の責任ってものが全くわかっていないわ」

するると、男は逆上してデヴィ夫人に殴りかかった。騒然となるスタジオ。男を取り押さえる裏方スタッフ。男は暴れて叫んだ。

「クソババア！　お前なんか、俺の性格も知りもしねえで、なんでそんなエラそうなことを言うんだよ、バカヤロー」

「俺の性格も知りもしねえで」と男は確かに言った。この「俺の性格」という言葉を男が口にした時に、私はなんだか吹き出してしまった。乱暴なわりには言い草が子供っぽい。たぶん彼には「俺の性格」として認識している自分があるのだ。それは「性格」なのでいかんともしがたい自分なのである。

「俺はこういう性格だから」「俺の性格はわかっているだろう」「俺はそういうことができない性格なんだ」

男の人がこの言葉を使う時（女の人でも同じかもしれないけど）、これは「悪いのは俺じゃない」ということの表明ではないかと思っている。「性格だからどうしようもない。だけどそれは本当の俺じゃない。性格は俺のせいではない。だから俺には何の責任もない」そして「本当の俺」は優しくてあったかくて責任感のあるいい男なのである。だから「俺の性格」が何をやっても、それは性格のせいなので自分はとりあえず傷つかない。自己保身のためのやむにやまれぬセリフ、それが「それは俺の性格だから」だと思う。

この番組に出てくる多くの男性が、テレビという媒体で放送されているにもかかわらず露悪的で、無責任な自分を平気でさらせるのは、それが「俺の性格」だからである。そしてその性格はとりもなおさず親が作ったものだから、彼らは「こんな自分に誰がした」と連呼するのだ。

奥さんたちは、そんな男を複雑な思いで見つめている。怪物を見るような目で見ている。「なんでこんな人になっちゃったんだろう?」と思うのである。知りあった頃はあんなに優しかった人が……。そうである。最初からわがままな暴力男だと思っていたら結婚などするわけもない。知りあった頃は優しかった。楽しかった。幸せだった。それなのにいつのまにか男が豹変してしまったのだ。理由もなく。

しかし、てんで理由がわからないと思っているのは、実は奥さんだけ。理由はある。画面から観ているとよくわかる。登場する多くの男は、女房に子供が生まれてから豹変しているのである。子供ができるまではたいがい、夫婦二人仲良くいちゃいちゃ暮らしているのだ。ある種の男たちは出産を契機に人が変わる。なぜだろう。たぶん、彼らは「子供」という異物を飲み込めなかったのだ、と私は考える。

妻は自分にとって飲み込める異物（他人）であった。甘えあい、頼りあい、共鳴する存在だ。恋愛期間中はお互いの共鳴度がピークに達する。恋は異物を取り込むための装置だ。相手に惚《ほ》れると異物を取り込みやすくなる。恋愛中の二人は互いにシンクロしあうので、自分の中に相手が侵入してきても違和感が少ない。「まるであなたと私はひとつみたい」と錯覚している。

だが子供は、望むと望まざるとにかかわらずいきなり生まれてきて、生まれたとたんに泣きだす。まったく邪魔な理解不能な異物であり、その異物の侵入に男は混乱し、そして耐えられないのである。しかもその異物は妻まで支配して、妻は異物と同化して母になってしまう。最後には妻までも男にとっては異物になる。子供は男にとって癌細胞のような存在に映る。

アレルギー反応のようなものである。男は異物の侵入におののき、暴れて反応する。皮膚に蕁麻疹《じんましん》ができるように、心にも蕁麻疹ができて変形している。異物を取り込んで食当たりしてショック状態なのだ。だから「こんな自分に誰がした」というセリフは、男にとってはまったく正当な言い分であり、わがままでも何でもない。

子供とは女にとっても異物である。だから妊娠すると身体が拒絶反応を起こしてつわりという現象が起こる。それでも一〇カ月の間お腹《なか》の中に異物を置くことによって、母親は子供との親密なスキンシップを成立させていく。そして生まれて世話をしていくうちに、子供とのコミュニケーション方法を発達させて、違和としての子供を自らのなかに取り込みながら葛藤の連続で育てていく。だけど、男にとっては、子供は女房の腹の中からいきなりぼんっ！　と出てくる存在だ。まったく「異物」である。それを自分の自我が取り込んで、自らの分身として育て愛していかねばならぬ、それが男の責任だ！　と世間は迫るのだ。

これは大ごとである。いきなり「ゴキブリの唐揚げを食え！　うまいぞ〜」と言われているようなもんである。これを食うにはそれまでに「異物として他者をたくさん取り込んだ」経験が必要になる。普段からゲテモノを食って腹を鍛えていればいいが、そうでないと、子供をいきなり取り込んで食当たりになるのだ。食当たりになってアレルギー反応が起こり蕁麻疹がいっぱい出てしまった状態。それが「愛する二人別れる二人」に登場する男の人たちの状態である。考えてみたらかわいそうでもある。女房の方は、亭主が蕁麻疹になっているとはつゆ知らず、怒る亭主を白い目で睨み、子供と結託してますます亭主にとって異物化していく。亭主は拒絶反応でのたうちまわって「とにかくお前らを吐きだしたい！」と叫んでいるのだが、それは誰からも理解されない。

「まったく、わがままな男、最低ね」

とデヴィ夫人のように軽蔑の冷たい目を向けるだけである。男は妻と別れたがるが、それは愛がなくなったからではない、妻が異物化したのだ。男にとって妻は子供と同化した異物で、だから外に愛人を作る。自分と同化してくれる愛人宅は療養所のようなものだ。が、この愛人とていつ異物に変化するかわからない。だから「もう結婚はしない」と叫ぶのである。

……と、一説ぶったら、ある男性から反論が出た。

「冗談じゃない、じゃあ男はみんな子供が嫌いみたいじゃないか。俺は子供が大好きだぞ」

もちろん、そうです。たいがいはみんなとまどいながらも新生児という存在を受け入れ愛していく。そして赤ちゃんは成長し、幼児になり、親を認識し言葉を覚えてかけがえのない家族となるのだ。でも、依存心の強い男や女は「子供」という存在を引き受けることができない。できれば自分が誰かにめんどうを見てもらいたいのである。自分が甘えたいのだ。人に甘えられるなんてたまったもんじゃないだろう。子供を受け入れるためには子供のままではいられない。大人になることを強いられる。その時、強いアレルギー反応が起こるのだ。

大人になれない男は気の毒である。虚勢を張っていてもどこかぎこちない。「俺の性格だからしょうがねえんだよ」と、まるで同情を買うように繰り返す。番組に登場する男たちはみんな二〇代前半から半ばで若い。ひたすら「しょうがねえじゃん」を繰り返す。自我がとても弱い。他者性に耐えられない。ベタベタのねんごろの関係しか築けないのだ。ほんの少しの対立関係が生じると逃げてしまう。暴力に走る。理性を維持できない。自己評価が低い。自分を信じられずおびえている。そのくせプライドが高い。他人の意見を受け入れられない。そもそも、他人の話を聞くくらいの自我があれば父親になれる。他人を受け入れられないから辛いのだ。だから怒鳴る、殴る、蹴る。自分を子供より愛さない妻を恨んでいる。

番組を観ていると、しまいには男たちの姿が私の父親とダブって見えてくる。子供の頃の記憶が蘇《よみがえ》ってくるのだ。かつて父もそうだった。一切、子育てに関与しなかった。子供なんてかわいいと思ったことがないと言い切った。父親は二二歳で子供を持った。戦後の混乱期、ただでさえどさくさの就職難の中で子供を産み、母にすべてを押しつけ、家に寄りつかず酒ばかり飲んで、飲むと暴れていたという。今なら真っ先にこの番組に登場しそうな男だ。母は幾度となく家を飛びだした。一度など母に手を引かれ橋の欄干に立って「ここから飛び降りて死のう」と誘われたことがある。だが家を出るたびに親戚から説得されて母は泣く泣く父の元に戻った。夫婦のことはわからない。本当は愛しあっていたのかもしれないが、それにしてもあんな子供みたいにやんちゃな男をよくも面倒見て来たなあと感心する。

若い頃の父は子供を嫌いではなかったが、父の愛情は犬猫をかわいがるような未熟なものだった。思い通りにさせたい。思い通りになればかわいい。子供が自己主張をすることには堪え難い怒りを感じる。同化すれば愛するが、異物化すると拒否された。兄はずいぶんと父を恨み、憎んでいた。ありのままの自分を受け入れようとせず、酔っては暴力を振るう父親を兄もまた異物として受け入れることができないままに夭逝《ようせい》した。

父が六〇歳を過ぎる頃、私はようやく父と普通に会話ができるようになった。それまで私が何かを話そうとすると、父は焦り、怒り、まくしたて、暴れ、拒否した。父にとって私もまた得体の知れない異物であり続けたのかもしれない。結婚を契機に姓が変わり、私は現実的に父を捨てた。父から距離を置くと、父はなんてことないただの酔っ払い男になった。父も自らのアレルギーに悩み、苦しんでいたのかもしれないと、最近になってやっと思える。

今、父は二歳の孫娘をとてもかわいがっている。そして言うのだ。

「なんで若い頃、子供をかわいいと思わなかったかなあ」

七〇年に及ぶアレルギーの終焉《しゅうえん》。すでに母も死に、兄も死んだ。もう父が身体を張って受け入れねばならない異物はこの世にはない。

SM写真に癒される女たち

薄暗いギャラリーにエリック・サティの音楽が流れていた。入っていくと誰もいない。渋谷とは思えないひんやりした湿った静けさのなかに、裸の女たちが並んでいる。

Tに会うのは久しぶりだった。写真家のTとはかれこれ一三年のつきあいになる。まだ私が編集者をしていた頃に、友人に「若くて安くてフットワークのいいカメラマンを紹介してくれない?」って言ったら、紹介されてやって来たのがTだった。

若くて安くてフットワークがいい、ってことはつまり「写真の腕は期待しない」ってことである。ところがやって来たTは新人のくせにやたらと無愛想で態度がデカい。もう少し新人っぽい使いやすいカメラマンが良かったのだけどなあ、と思いつつも、ふてぶてしいくせに妙にシャイなこのカメラマンに興味をもった。

「君はさ、どんな写真を撮りたいの?」と仕事が終わってから聞いてみる。多くの新人は撮りたいテーマなど持っていない。ところが、Tは「少し撮ったものがあるんすけど、見てもらえますか?」と言う。「いいよ」と答えると紙焼きのファイルを持って会社にやって来た。

その時にTがもって来た写真は、なんと言えばいいのか不思議な写真だった。彼は無機質なものを好んで撮る。当時は人形だった。とある人形作家の創作人形をたくさん撮っていた。ヌードもあったが人間の女の裸もまるで人形みたいに撮る。生き物が彼の写真の世界では妙に無機質になる。

「おもしろいね」と私は言った。

「そうっすか?」

嬉しいのを隠してわざと無愛想に彼は返事をする。

「うん、あたしは好きだな。この写真、雰囲気があって」

以来彼は、作品がたまると定期的に持って来て見せてくれるようになった。彼は大学の芸術学部の写真学科を卒業すると、そのままフリーランスになったそうだ。普通はスタジオカメラマンや、アシスタントを経てフリーになる。もっともこの性格の悪さではとてもじゃないがアシスタントなんか務まらないだろうと思った。

Tは積極的に自分の作品を撮り続け、「金がない、金がない」とぼやきながら大量のモノクロ写真を紙焼きし、どんどん腕を上げていった。彼の撮るポートレートがい い。レトロな雰囲気の紙焼き写真はクライアントからも人気があった。

そのうちに、Tはだんだん SMの世界にのめり込んで行って、女を裸にしてヒモで縛り上げたり、性器を押し広げてモロだしの写真を撮ったり、身体中に針を刺したり、妊婦にSMの格好をさせたり、いわゆるボンデージ系と言われる写真を発表するようになった。一度、彼のSM写真のCD-ROM集の編集を手伝うために、モロダシのSM写真を何百枚もチョイスしたことがあった。オンナの私としてはちょっと複雑な心境だ。女性が性器を露出しているのを見ると、存在しない臓器に痛みを感じているようなそんな気分になる。

だけど、なぜだろう、彼の写真を見ても不思議と不快には感じなかった。彼が撮る女たちはなぜかきれいだった。私はエログロは嫌いだ。ポルノビデオとかも嫌いだ。気持ち悪くなる。だけど、Tの写真は平気なのだ。なぜかわからない。

私が編集者をやめてから、彼と仕事する機会もなくなって会わなくなった。風の噂では、ヨーロッパやロサンゼルスで個展を開いたりして「金がない、仕事がない」とぼやきながら着実に自分の世界を作っているらしい。

SM雑誌の表紙でよく見かけた。その手の世界ではなかなか有名な写真家になっているようだった。撮影に使うSMの道具を買いに行って、領収書をもらうために名前を言ったら、店員さんから「大ファンです」って言われたそうだ。喜んでいいのか情けないのかわかりませんよ、と彼は喜んでいた。

実際のTという男はSM趣味でもなんでもなく、ごくノーマルな人間である。ものすごく義理堅いし、シャイだし、無愛想だけどどっかチャーミングだ。およそ彼が撮る写真からTという人物はかけ離れている。風貌だけは怪しくなっているが、中身は保守なのだ。

かつて、彼に「なんでこういうエッチな写真ばっか撮るわけ？」と聞いたら、確か「モテなかったから」と答えたような気がする。

「俺はぜんぜんモテなかったんすよ、ずっと、大学まで。ところがヌード写真撮るようになってから、なんでか女が寄って来るようになったんすよね」

ふうんと思った。確かにもしTが、ハードなヌード写真を撮るカメラマンじゃなかったら、Tって単なる小太りのチビ男だなあと思った。だけども、彼が写真を撮る時にはそういう容貌までもが、なんとなくサマになって感じられるところがある。うまく言えないけど、天職を生きている奴はみんなカッコよく見えてしまうみたいだ。久しぶりに会うTはさらに太って、顔はなんだか横尾忠則さんに似ていた。妙な貫禄がついていた。

個展の案内を何度か貰ったが、湯河原に引っ越してから東京に出る機会も減ってしまった。たまたま打ちあわせと重なったので、渋谷の個展会場に足を運んでみたのだ。会うのは三年ぶりだった。私の他にお客は誰もいない。昼の一時だ。Tは冷蔵庫から赤ワインを出して来た。

私たちは近況など話しながらワインを飲み、展示されている女たちの裸を見て回った。奇妙な仕掛けがたくさんあって、覗き穴の向こうに女が足を開いていたり、虫眼鏡で覗くとおっぱいを鷲摑《わしづか》みにしていたりと面白い。

なかには女以前という年齢の少女たちがフレームの中で顔を露出してポーズをとっている。少女たちはとりあえず、服は着ていた。

「この子、いくつだと思います？」

写真を指してTが言う。

「うーん、一三くらい？」

「一四です。本当はもう脱がしちゃったんですけどね、幼児ポルノ法で最近やばいんすよ、だからヌードは掲示できないんすよ」

「ふうん」

私はその一四歳の妙に色っぽいポーズをとっている女の子の写真をしげしげと眺めて、この子の親がこれを見たら痛々しく思うだろうなあと思った。自分の娘がSMカメラマンに脱がされているところを想像すると空恐ろしい。

「どうやってこういう子を見つけてくるの？」

と私が聞くと、Tは「自薦が多いですよ」と言う。意外だった。

「自分で撮ってくれって言ってくるの？」

「そうです、俺の個展とか見てあんなふうに撮ってくれって」

「なんで自分から……」

Tは、最近はSMの子が多いんですよね、と言った。

「そうなの？　なんでだろう」

「みんな小さい頃、親から幼児虐待とか受けてんですよ」

そう言って、Ｔは一通の手紙を取り出して来た。

「読んでみてください」

　水色の便せんに小さな文字で書かれた手紙に私はためらいがちに目を落とした。

　手紙を書いたのは、彼にＳＭヌードを撮ってもらった一人の少女だった。彼女は初めてＴのＳＭ写真を見た時、女の人があまりにもきれいで、その写真の前から身体が動かなくなって何十分も写真の前に立っていたのだと切々と綴《つづ》っていた。

　そしてその夜から子供の頃に受けたひどい折檻《せっかん》の記憶が蘇ってきて、夜、寝ていると過呼吸の発作を起こすようになったという。母親に繰り返し苛められたこと、忘れようとしていた記憶が次々と蘇ってきた。なんで自分がＳＭ行為が好きなのか、その理由を隠ぺいしてきたのだけれど、それがカーテンをめくられるように思い出されて、自分でもどうしてよいかわからずにＴを訪ねたのだという。

　そして彼女は、自分のＳＭ写真を撮った。折檻されている自分を被写体としてもう一度、記憶の底から引きずり出して明らかにした。なぜか写真を撮ってもらってとても楽になったと手紙には記されていた。

「俺は、最近カウンセラーっすよ。写真を撮ってくれって手紙をよこす子は、みんななんか傷をもってる。それを写真を撮ることで癒していく。こんなんばっか。やんなっちゃいますよ」

私はあっけにとられて青い便箋の子供っぽい文字をずっと見つめていた。この女の子の身体には、母親からカッターナイフで切られた無数の傷跡が残っていたそうだ。

「しかも、ケツにはでっかいペケの傷がついてましたよ。ペケですよ、ペケ！」

Tの写真の被写体になることで、彼女は自分の何を癒したんだろうって、私は考えた。人間は自分の辛い記憶を再現しようとするという。それは「自分は強い、こんな体験は乗り越えられる」と思い込むためだという。そのためにSM写真によって自分の過去を客体化しようとするのだろうか。それで本当に傷は癒えるのか。そうは思えなかった。ただ、多くの女の子たちは写真を撮ることで自傷行為を止《や》めるそうだ。自分を傷つけることの代償行為としての写真。だとすればまだ、写真を撮る方がマシなのかもしれない。

Tの写真の中で女たちは命のない人形のように無機質に感じられる。その感情のない無機質さが、被写体の女たちは好きだと言う。だけど、私がTの写真が好きなのは、彼が無機質なものに愛情のある視線をもっているからじゃないのか。Tは女を無機質に撮るけど、でも無機質に撮られた女を愛している。その妙なアンビバレンツが彼の写真の魅力なのではないか。

「ねえ、あんたってやっぱり変だよ。なんでカウンセラーになっちゃうわけ」

ワインの酔いが回ってきて、私はTに詰め寄る。

「知りませんよ。俺がごくごく普通の育ち方をしてきたからじゃないですか。俺には興味がないんですよ、そういう人間の感情とか心とかかっつうものが。虐待された人間の痛みとか、全然わかんないっすから、だからかえっていいんじゃないですか」

彼は必要以上に、自分は本当に平凡に普通に育ったと言い張る。だけど、根掘り葉掘りと彼の生い立ちを聞いていくと、なぜか一四歳の頃の記憶が突然曖昧《あいまい》になる。

「一四歳の頃、なにかあったでしょう」

私が突っ込むと、Tは無口な上にさらに無口になった。

「なんかあったはずだ」

「ないっすよ、ちょっと荒れてたくらいで……」

一四歳の頃に母親に暴力を加えていたことがあるという。理由は詳しく聞かなかった。

「なんだ、自分もSMをやってたんじゃない」

彼はびっくりしていた。そのことが自分の写真と関係があるなんて考えたこともなかったらしい。もちろん関係はないのかもしれない。が、人は思春期のテーマを繰り返し表現するものなのだろうか。私もいまだに一四歳の頃のテーマを追い続けている。

SM写真を撮りたい女たちは、多種多様だという。Tを訪れ、話を聞いてもらい、写真を撮り、自分の写真を見てとても喜ぶそうだ。救われたと言う子もいるという。写真を撮るという行為を通して、過去の自分を再現し、そして写真の中にもう一度封印するのだろうか。

「ただね、自薦の女の子は被写体にならないのもいますからね。やっぱりちゃんとしたモデルじゃないといい写真は撮れないっすけどね」

それでもTは、手紙をくれた女たちの話は黙って聞くそうだ。深夜に電話があってもつきあうという。死にたいという子のことは一応説得するそうだ。

Tの写真は、世の中のお母さんにとっては子供に見せたくない写真のベストテンにランキングされるような過激な写真である。だけれども、肉体を虐待されるという傷を負った少女たちが彼の写真でつかのま癒されるという現実。

今、その意味を性急に分析しようとは思わない。ただ、SM写真を撮ってまで、必死に自分であろうとする女たちの、その自分を生きようとする力に不思議な感激を覚えた。何が人を救うかはわからない。たとえそれが背徳的であったとしても、背徳すらも人間を救うのだ。

子供を捨てる女の顔

「男友達と遊興、四〇時間子供を放置した呆れた馬鹿母」

夫が出張中に男友達と遊びに行き、生後四カ月の子供を窒息死させた母親。その母親の顔写真が写真週刊誌に掲載されていた。一ページにどーんと掲載されたその写真は母親が女子高校生だったころの写真で、その屈託のない笑顔から不思議な衝撃を感じた。

こういう子がクラスに一人くらいいたよなあ、と思わせる顔だった。人が良さそうで、でもどこかだらしない感じがしないでもない。この「だらしない」という印象が、最初に事件を知っているからなのか、それとも私の経験的な「だらしない」に類型される顔だったのか、自分ではよくわからない。それからふと、そういえば「だらしない顔」の女がいたなあと思い出した。

今から一五年程前だった。女友達がいた。名前をユミコという。本名は知らない。

みんなユミコと呼んでいた。めずらしくユミコから店に電話があった。当時、私は専門学校に通いながら銀座でホステスのバイトをしていた。ユミコは知り合いの劇団で芝居をやっている女の子で、座長からバイトを世話してくれと頼まれて、近所のクラブを紹介した。ところが、思いのほか男にだらしない女で、すぐにそのクラブのバーテンとできてしまったらしかった。でもまあそれは彼女の人生であって、私の知ったことではない。

「あのタイプの子はねえ、ホステスには向かないね」

とマスターが言う。私の店のマスターは大学時代に銀座でバイトしたのをきっかけにすっかり水商売にはまってしまい、中央大学法学部を中退して銀座で修業し店を開いたという変わり者だ。そのマスターが、ユミコは水商売向きではないという。

「それってどうして？」

まだ客の来ない早い時間、空調のきいた薄暗い狭い店内は妙に居心地がよかった。

「顔でわかるんだよ」

アイスピックで器用に氷を砕きながらマスターが言った。

「顔？」

「あの子は泣き顔だね。泣き顔の女は依存心が強い」

まん丸に削られたロック用の氷を明かりに透かす。そして言った。

「顔には人間が全部出るんだよ」


店が終わってから新橋の喫茶店でユミコと待ち合わせした。久しぶりに会うユミコは相変わらずとろんとした目をしていた。濃い口紅がついたタバコのフィルタが何本も灰皿にたまっていた。ひっきりなしにタバコを吸う。ワンレンのおかっぱ頭で、前髪を目の上すれすれまで下ろしていた。

「できちゃったのよ」

と彼女はしきりにほっぺたをさすりながら言った。

「入院するから、お金貸してくれない？」

ユミコのお腹の子供はすでに四カ月目の後半で、堕胎するのも大変な時期に入っているそうだった。

「なんかさあ、もう子供が大きくなっちゃってるんだって。それでね、子供が出てくるところが狭くて出せないんだって。だからなんか変なコンブみたいなもんを入れて、あそこを広げるらしいのよね。それでさあ四日も入院しなくちゃなんないのよ」

ユミコはストローの袋で芋虫を作り、そこに水滴を落として遊んでいる。水を落とされるとごにょごにょと蛇腹の芋虫がうごめく。

「男に出してもらえばいいじゃん、お金」

ユミコは芋虫をつつきながら言った。

「だって、あの人の子じゃないしい」

灰皿の中でくすぶっている燃えかすがいやな匂いをさせていた。


誰の子供なのか聞いても無駄だと思った。五万必要だというのでマスターに前借りして渡した。彼女はアパートの近所にある北千住の病院に入院するという。なにか心もとない気がして、入院の日の夕方、彼女の病院を見舞った。ユミコは三人部屋に寝ていた。私が入って行くと「わあ」と子供みたいな無邪気な声をあげた。

「この人、智子さん、こっちは美紀さん。二人とも中絶仲間」

ユミコはそう言って同室の二人を紹介すると、あははと笑った。中絶仲間の二人はベッドの上からこくんと頭を下げた。どうやらここは中絶組の病室らしい。さすがに妊婦と同じ部屋にはできないのだろう。それにしても、中絶する女ってこんなにいるのかと不思議だった。彼女たちは同じ日に入院したという。この部屋は入院四日組、隣は二日組なのだそうだ。こっちは胎児が大きくなっている女たちばかりらしい。でも智子さんも、美紀さんも泣き顔ではなかった。

「美紀さんは年上のオヤジと不倫だって。智子さんは大学生の彼氏と一夏の恋だってさ」

聞きもしないのにユミコは二人についてしゃべり出した。なんだか少しハイになっているみたいだった。目が心なしか血走っているように思う。

「美紀さんは沖縄の生まれ。さっき恋人のおじさんが来たけど、すごい迫力。みんな食いたいものがあったらなんでも買って来てやるぞ、寿司か？　メロンか？　って大騒ぎだったんだよ」

「あの人、工務店の社長だから」

茶色く染めすぎて色が抜けたような前髪を美紀さんはかきあげて言った。智子さんは一人でアンアンを読んでいた。サーファーカットにオペラピンクの口紅だ。

「何か必要なものある？」

これ以上興奮しているユミコを見ていたくなくて、私は腰を浮かせた。

「ええとねえ、ウェットティッシュ」

声が甲高《かんだか》い。

「それなら私の使いなよ」

と智子さん。ユミコはサンキューと言って携帯用のウェットティッシュを受け取った。なんだか修学旅行に混じってしまったような気分だった。

「心配することなさそうだね」

私は苦笑して言った。

「ぜんぜん。安心して。手術したら翌日には歩いて帰れるって」

ウェットティッシュで顔の脂を拭きながらユミコはなんだか嬉しそうですらあった。

それから四日が経過して、そろそろユミコも退院だなと思っている頃に病院から電話があった。慌てて駆けつけてみると、ユミコが高熱を出して寝ていた。

「どうしたのよ？」

と聞くと、

「術後感染なんだって。手術の後、子宮が黴菌に感染したんだって」

一度退院したけど、熱が四〇度を超えて、また再入院したのだそうだ。赤い顔でうんうん唸《うな》りながらユミコは言った。

「バチがあたったんだよ」

「何言ってんの」

「だって、看護婦さんにそう言われたよ。点滴の針刺すときに、苦しいでしょう、しようがないわね罰が当たったんだからって」

額の汗を拭いてあげるとユミコはすがるように私を見た。

「またお金貸して」

私はユミコの泣き顔を見ながら手を握った。熱かった。

「大丈夫だよ、安心しな」

部屋にはユミコしかいなかった。この前の病室ではなくて、今度はベッドが二つの部屋だった。ほかの中絶仲間はとうに退院してしまったのだろう。

「美紀さんや、智子さんは無事に終わったんだ」

私がそう言うと、ユミコはふふふと笑った。

「美紀さん、逃げたんだよ」

ベッド際の私の方に黒目を向ける。

「逃げたって、病院を？」

「そう。産道にコンブを入れたまま逃げちゃったの。危険なんだって、入れっぱなしにすると。大騒ぎになった。不倫のオヤジも真っ青になって探して、友達の部屋に隠れてたんだけど、その友達は事情なんにも知らなくて、でも見つかったんだ。オヤジがさ、病室で言ったんだよ、産んでくれ、産んでくれ俺が悪かったって」

ユミコは荒い息で、でもなんだか自慢するように話す。

「そういうことがあったんだ、そうか」

「子供は沖縄で産むんだって」

私はふうんとしか返事ができなかった。当時二三歳だった私には、子供のことなんて想像もできなかった。自分の未来のこと、仕事のことで頭がいっぱいだった。

「私の子供は死んじゃったの」

唐突にユミコが言った。ユミコが子供のことを自分から語ったのは初めてだった。私はとまどいながら「そうだね」と答えた。どう返事をしていいのかわからなかったのだ。これから避妊しろよ、と言いそうになって飲み込んだ。

「私の子供じゃあ、生まれてきても不幸だったよね」

うわごとのように言う。

「そうかなあ。そうは思わないけど」

「産んでも、殺しちゃったよ、きっと」

返事できなかった。そんなことないよ、って言えなかった、そうかもしれないって思ってしまった。悲しいけど。


退院してから、ユミコは四日ほどで店に顔を出した。それからしばらくしてから、客の中年男とできてしまい、店を移った。次に勤めた店は昼サロだった。その後の彼女の消息は知らない。

いつのまにかあれから一五年だ。もし、本当に美紀さんがあの時に沖縄に帰って子供を産んでいるとしたら、その子は中学三年生になっているのだ。きっと無事に成長しているんだろうなあと思う。なんの根拠もないけど、そう思える。あの北千住のあの産婦人科を逃げ出せた美紀さんだから。あの中絶部屋の三人の誰もが逃げ出すことができた。誰もが産もうという決意ができた。でも、最後の最後に逃げ出すことができたのは美紀さんだけだった。美紀さんは、何があっても子供を育てぬくような気がした。ここぞというときに自分の運命を自分で選べる人は強い。

ユミコは今どこで何をしているのだろう。結婚しただろうか、子供を産んだだろうか、それよりも生きているのだろうか。

ユミコは小学校六年の時に母親が再婚して、義理の父に育てられたと聞く。その父親が自分の体に必要以上に触るので早く家を出たかった。高校を卒業する時もなかなか家を出ることを許してもらえず、家出同然で飛び出して来たと聞いた。

彼女がどんなトラウマを抱えていたのか、私はよく知らない。確かに、現在は過去の結果だ。でも未来の原因でもある。人は変わっていける。いつも、この瞬間から。トラウマが人生を支配しているわけではない。

私は三七歳で出産した。

子供と向き合えるくらい自分が大人になるために三七年を必要とした。二三歳の時にはとうてい不可能に思えた子育てを、なぜ今私はできるのか。今の自分とかつての自分はどこが違うのか。自分のことはよくわからない。ただひとつはっきり言えることは、顔が違うということだ。二三歳の頃の自分の写真を見るとまるで別人のように思える。

私はこんなに世の中を恨んでいたのだろうかと愕然《がくぜん》とする。その頃の写真はみんな、なぜか目を細くしている。世界を見るのが嫌みたいに。ぼったりとして、ひどくだらしない顔に見える。自分は違うと思っていたのに、今見ると、どこかユミコに似ているのだ。

カインの反乱

相撲に興味があるわけじゃないが、なぜか若貴兄弟のことが気になる。貴乃花が兄である若乃花を批判してマスコミから叩かれた時は、なんとなく「貴乃花の気持ちがわかるなあ」と思った。その後、若乃花の夫婦不仲・別居報道、そして、先場所で二人が怪我をして休場した事を知り「人生山在り谷在りだなあ」と痛感した。今場所、二人はマスコミの前で握手し和解。でも、不調。親方に深夜の招集を受け、貴乃花は休場、若乃花は翌日初白星をあげた。その後、勝ち進んだ若乃花は武蔵丸に敗れ優勝を逃す。一時、引退と騒がれていたが、翌日の記者会見で「横綱としてもう一度がんばる」と痛恨の思いを語った。

若乃花の記者会見を貴乃花はどんな思いで聞いていただろうか。

カインコンプレックスという言葉がある。

カインというのは旧約聖書に登場する男の名前。アダムとイブの間に生まれた子供だ。カインにはアベルという弟がいた。カインとアベルの二人の兄弟が神様に貢ぎ物をする。ところが神はアベルのだけ受け取って、カインのは受け取らなかった。

「どうして神は弟のことだけを愛するんだ」

カインはアベルに激しく嫉妬して、実の弟のアベルを殺してしまう。人類最初の殺人は肉親殺しだった。怒った神は、カインを天国から追放して、しかも、神様はごていねいにもカインの子孫すべてにカインの印を額につけるという罰までつけ加えた。映画「エデンの東」でジェームズ・ディーンが演じた役は、弟を殺したカインをモデルにしている。ちなみに、エデンの東とは、神がカインを追放した場所、この人間界だ。つまり、我々人間はみなカインの末裔《まつえい》。殺人者の子孫であるらしい。この神話になぞって自分の兄弟に対する激しいコンプレックスは「カインコンプレックス」と名付けられた。

若貴兄弟が気になり出したのは、貴乃花が宮沢りえとの婚約を破棄した頃からだった。宮沢りえが、貴乃花について語った時に、

「お互いの子供の頃の話をしあって、とてもわかりあえた気がしました。これまです

ごくさみしくて、ひとりぼっちに感じていたけど、でも、同じような気持ち、境遇の人がいたんだって知って、なぐさめられました」

というようなことを語っていたのだ。私にしてみると宮沢りえと貴乃花が同じ境遇とは思えない。宮沢りえは母子家庭を支えるために子供の頃から芸能界に入った。貴乃花は相撲界のプリンスである。育ちが違う。でも、貴乃花は心情的には「すごく孤独」だったんだなあと思ったのだ。だから宮沢りえが共感し、そしてそれが愛に変わったんだと思う。

なんで貴乃花は孤独だったんだろう。思うに、彼はもの心ついた頃から「相撲に強くなる」ことが愛される唯一の道だったんじゃないだろうか。特に八歳くらいまでの、まだ親の愛を絶対的に欲する頃に、母親の愛情も父親の愛情も条件つきじゃないと得られないと錯覚してしまったような気がする。

「相撲に強くなけりゃ、誰からも愛されない」

そんなふうにインプットされてしまった。そういう環境だったんじゃないだろうか。だから貴乃花は愛されるためにがむしゃらに相撲をとった。

彼には兄がいた。兄こそは彼の最大のライバルだった。生まれた時からすでに兄は存在し、自分の知らない親との思い出を持っているのだ。まだ自分がこの世に存在しない時に、兄はこの世にいて親の愛を一身に受けていた。そして常に自分よりも体が大きく、自分よりも強かった。

でも、もし相撲で兄を倒したら、親の愛情は自分が獲得できる。子供ならそう思い込んでも仕方がないように思う。だから、貴乃花はいつも兄よりも強くなければならなかった。愛のために。

宮沢りえが婚約解消会見をした時に、

「久しぶりに会った時に、あの人はすごく遠くて、まるで膜をかぶっているみたいに感じた」

というようなことを語っていた。どのような理由があって二人が別れたのかは知らない。だけど、彼女の言葉を信じるとすれば、お互いの話し合いはなかったのだ。貴乃花は恋をして、その恋に自分で決着がつけられなかった。それは彼にとって非常に苦い体験として今も残っているように思う。どのような事情があれ、二〇歳の未熟な男として、彼は宮沢りえの前に立って、等身大の自分で相手と語り合うことが必要だったのに、それは阻害されたのだ。それでもいい、と許した大人がいたのだと思う。

「とにかく、お前は相撲が大事なんだ、相撲が強ければすべてよくなる」と彼に暗示をかけ続けた大人がいたのだと思う。その後貴乃花はしかるべき相手と結婚して、そして横綱になった。貴乃花が選んだ結婚相手は、母親にそっくりのタイプだった。彼は妻ではなく「おかみさん」を選んだのだ。相撲界のプリンスは、両親の描いた人生をひた走って来た。だって、相撲に強くなればみんな自分のことを愛してくれるんだから。

貴乃花は兄よりも先に横綱になり、頂点に立った。

でも、じゃあその先になにがあるだろう。ひたすら強くあり続けることが彼の愛される道だ。だけど、そんなこと不可能なのだ。人は確実に老いる。強さとはうつろいやすい。いつか土俵を降りる日が来る、その予感は頂点に立った時から始まる。そこにもってきて、自分より弱かった兄もいつのまにか横綱になっていた。しかも同じように親方やファンに愛されながら。

私には貴乃花の反乱は、彼の叫びのように思えた。貴乃花はここに来て初めて、自分の家族に向かって「バカヤロー！」を言っているんじゃないだろうか。

「バカヤロー、俺は相撲に強くなることだけに邁進《まいしん》してきた、俺はすべてを相撲に賭けてきた、だってお前ら俺が弱かったら俺を愛してくれたか？　だけど、俺はいまめちゃくちゃ苦しい。俺のやってきたことは本当に正しかったのか？　好きな女を守ってやれなかったことは正しかったのか？　強ければすべてうまくいく、じゃあ強くない俺には何もないのか？」

彼の父である親方が、貴乃花の反乱当初のインタビューにこんなふうに答えていた。

「どうして、あんなふうになってしまったのか、どうしたら元の貴乃花に戻ってくれるのか、今はどうしていいのかわからない」

まるで子供が非行に走った時の親の台詞《せりふ》のようだ。結局、親方も特別の存在ではない。そこらにいる一人の父なのだ。一人の父親が「親方」として子供に接して来た。自分が果たせなかった横綱の夢を子供に託すためだ。親のエゴが親方の背後にはある。

若貴家族は、これまで「部屋」だったのだ。家族じゃなく部屋族だった。相撲部屋という部屋のなかで暮らしてきた。でも、子供たちが独立した時、この部屋族が、実は家族であることをつきつけられ、そして家族を超えることを課せられた。そのとっかかりが貴乃花の反乱だ。そして次には若乃花の夫婦の危機である。

若乃花の結婚会見で度肝を抜いたのは、美恵子さんの、

「若乃花は熊のぬいぐるみみたいな人」

という発言だった。うーん、すごい発言だ。きっとこの時点で美恵子さんは、自分が横綱の女房になるなどとは想像もできなかったのかもしれない。それにしても、若乃花はいくら惚れたとはいえ、なぜ美恵子さんと結婚したのだろう。横綱になるということを人生の目的に据えていたなら「熊のぬいぐるみみたい」と自分を呼ぶ女を女房にするだろうか。どうも若乃花には最初から横綱など目指す気はなかったようにも思える。しかし、貴乃花は横綱になり、若乃花も後を追うようにして横綱になった。若乃花の横綱昇進が、本当に彼の実力ゆえだったのか、それとも私のはかり知れない相撲界の策略があったのか、相撲というものにまったく興味のない私には知るよしもない。

とにかく若乃花は横綱になってしまった。そして、若乃花の兄弟であり、最も身近にいて若乃花の相撲を見てきた（若乃花の相撲を知り抜いているはずの）貴乃花は、若乃花の相撲を批判した。貴乃花は若乃花の相撲を否定して強くなった。弟が強くなるのは兄を否定するからだ。それを正直に発言したら大騒動になってしまったのだ。なぜなら、二人は仲の良い兄弟でなければいけなかったから。

私は横綱というものが、どれくらい偉いのかよくわからない。が、相撲というのは「国技」である。横綱はその頂点に君臨する存在である。とすればその存在もまた神に近いような神聖な存在なのだろうと予測はできる。

そのような神格化された存在として男が君臨する時に、仲良し家族を演じろというのは失礼である、と私は思う。自らが神格化される時は親であろうと子供をあがめてもらわねば困るではないか。それでこそ、人知を超えた気迫も生まれるというものだ。

結局のところ、若貴ファミリーは「普通の家族」にもなれず、「赤の他人」にもなれず、あいまいなかでお互いの足を引っ張り合っているように思える。それはマスコミが彼らに「理想の家族像」を押し付けたことにも原因がある。

「部屋に入った時から、親ではなく親方になった」

と若貴兄弟は語っていたけれども、それは外面上だけであって、そのような虚構のなかで実は子離れしていないのは親方とおかみさんだったのだ。相撲という神儀において勝ち進むことは「神の力」を受けることである。巨大な肉体をぶつけあい横綱として怪我もせずに優勝するということは「奇跡」ではないか。それを引き起こすのは力士の中に宿る神聖な魂に、神の力が宿るからではないか。そのような存在を人はあがめ尊敬し横綱と呼んだのだと思う。

　貴乃花はもしかしたらそのことに無意識に気がついているのかもしれない。家族との決別は自分を力士たらしめるためにどうしても必要だったのだ。だが、まだ何か踏ん切れない。貴乃花の内にあるカインコンプレックスが、彼の邪魔をしているようにも見える。

　一方、若乃花は、横綱になって初めて横綱というものがどのような存在であるのか知ったのかもしれない。それは人間でありながら日本の土着の神に近い存在だ。横綱としての役割を担うために家庭を捨てざるをえなかった。仕方ない、美恵子さんは横綱として生きるために選んだパートナーではないのだから、横綱になった時に彼の助けになるはずがない。それを望むのは美恵子さんに対して酷というものだ。ふつうの奥さんになりたかった彼女はちっとも悪くないのである。

　横綱若乃花が頼れるのは親方とおかみさんしかいない。それが彼の人生にとって幸か不幸かは誰もわからない。たぶん若乃花自身も。

　じゃあ、これから貴乃花はどうなるのだろう。貴乃花は若乃花よりも親を見切っている。もしかしたらとことんまで落ち込んでから、あらゆるものを振り切ってカムバックしてくるかもしれない。貴乃花は角界のプリンスと言われていたが、本当にそうだろうか。親兄弟が相撲界にまったく疎《うと》い方が、よっぽど幸福であると私には思える。己の力のみで勝ち上がってくる方が力士としてよほど清々《すがすが》しいだろう。

親方は横綱貴乃花を横綱として尊敬しているのだろうか。貴乃花はすでに父親を超えている。親方が「親のエゴ」を捨てた時、貴乃花も二子山部屋の横綱として自信が持てるはずだ。そうでない限り、貴乃花はきっと横綱になってもむなしい。子供に屈服させられるのも父親の仕事なのだ。

すきまの女

ひどく酔っ払った。

久しぶりに会った編集者とつい深酒をしてしまった。飲んで飲んでへべれけになり、さらに飲み続けて明け方になると、酔いが覚めて身体はすでに二日酔いになりかけている。かつての私はどんなに大酒を食らってへろへろになっても、頭の芯は真冬の青空のようにすこんと冴え渡っていた。ところが、最近はその青空が消えてしまった。飲むと頭にもやがかかりどんよりと梅雨時のぬかるみみたいな気分だ。飲んで飲んで飲まれて飲んで、新橋を皮切りに梯子《はしご》しながら神田まで来てしまったようだ。いつのまにか一人だった。よくあることだ。最後は一人だ。やれやれだ。山手線の始発までにまだ四〇分あった。まあいい、とにかく神田駅まで歩いていこうと思った。都会の空は妙にほの赤くて、明けているのか暮れているのかわからない。だが、空気は確かに夜明けを帯びて冷たかった。暗い路地をひたひたと歩く。平日なので人気もない。

夜から朝に変わる時、夕方から夜に変わる時、そういう変わり目の時間には、なんだか奇妙な音がする。子供の頃からその音を聞いていた。誰にでも聞こえるのだと思っていたが、そうではないらしい。大人になってから音の話をしても「そんなの聞いたこともない」と驚く人がほとんどだ。空耳のような、耳鳴のような、なんともいえないあやうい音だ。風で水面が細かく逆波立っているような、その波がさわさわとこちらに近づいて来ているような、そんな感じの音なのだ。

神田駅に向かって歩いていると、遠くからさざ波立つようにその音が聞こえてきた。さわさわさわさわ……。私は立ち止まって地面を見つめる。だんだん近づいてくる気配がする。潮の流れのようなものだ。潮が近づいてくる。ということは、今は潮が止まっているのだ。今この瞬間は流れが静止しているのだ。そして夜明けに向かって潮が流れ始めている。

ふいに吐き気をもよおした、二日酔いが始まった。私は立ち止まり、ビルとビルの間の一五センチ程度のすきまにうげえと苦い胃液を吐いた。そして、目を上げた。すると、なぜかそこに、女の人が立っていた。立っていたというよりも、はさまっていた、と言った方が適切かもしれない。そのすきまはとうてい人間が入れるようなすきまには見えなかった。狭すぎる。

　でも、彼女は、ぴっちりと、まるですきまに合わせて生まれてきたみたいにそのすきまに収まっていた。そして、顔を道路側に向けていた。

「な、なにをしてるんですか？」

　私はおそるおそる声をかけた。

　暗くてよく顔が見えない。たぶん二〇代だと思う。おかっぱで、特に痩せているふうでもなかった。ベージュのスーツを着ていた。勤め人風のこぎれいないでたちだった。

「なんにも……」

　ごくごく平静な声で彼女は答えた。

「ただ、こうしていると、落ち着くから」

　そう言って息がかすかに笑った。

「自分で、ここに入ったんですか？」

　私は暗いすきまに顔を突っ込むようにして言った。

「そうよ」

彼女は一メートルほどすきまの奥にいた。どうやって入ったのだろう。私には絶対に入れない。頭すら入りそうにない。

「よくもまあ、こんな狭いところに入れましたね」

私は彼女をよく見ようとして、すきまに顔を突っ込んで目をしばたいた。

「好きだからよ。そうでなかったら入れない」

そう言ってから、彼女ははあはあと荒く息をした。なんだか苦しそうだ。

「あの、入れたくらいだから、出れるんですよね？」

心配になって私が聞くと、彼女は少し笑ったみたいだった。

「たぶんね」

はあはあはあ。彼女はすきまの間で小刻みに息をしていた。こんなに自分にぴったりの「すきま」はめったにない、と彼女は言った。みんな狭すぎたり、広すぎたりするのに、このすきまは本当に自分の体をちょうどいい具合に締めつけてくるのだそうだ。

「苦しくないんですか？」

「ちょっと苦しい。でも、苦しいくらいじゃないと気持ちよくないの」

うっとりとした声で彼女は言った。

「ふうん」

そんなものなのかと思って、私はさらにすきまに首を突っ込んだ。後ろから見たら私の姿はさぞかし滑稽だったろう。

「私ね、うんと小さい頃に母親を亡くしたの。そのあと父が再婚したんだけど、義理の母にひどくいじめられたの。殴られて、蹴られて、煙草の火を押しつけられて、押し入れに閉じこめられて……。たぶんそのせいだと思うのだけど、私、人間に抱きしめられると吐き気がするの。怖くて発狂しそうになっちゃうのね。人間に体に触れられるのがどうしてもがまんならないの」

「男でも？　たとえば、好きな男とか」

「男の人を好きになれば、治るって思ってた。お医者さまもそう言ってた。だけど、治らなかった。気持ちはとても好きなのに、体に触れられると耐えられない。恐ろしくて寒気がして、しまいにはげえげえ吐くの」

「それって、悲しいね」

どんなにがんばっても、私の頭はすきまには入って行かない。ほっぺたがコンクリに擦《こす》れて痛い。このすきまは確かに、彼女のためだけのすきまなのかもしれない。

「でもね、時々無性に体を締めつけられたくなるの。ぎゅうっと体を締めつけてほしくてたまらないの。狂おしいほど、ぎゅうっと強く。そういう時、ふつうの人は誰かに抱きしめてもらうんでしょう？　でも、私は人間に抱きしめられると吐いちゃうの。それなのに抱きしめられたくてたまらない。人間じゃない何かに、ちょうどいい具合で体ごとぎゅうっとされたら、どんなに安心して、どんなに気持ちいいだろうって、ずっとそう思ってた。ある日ね、家の中の家具と壁の間にすきまを見つけたの。それで、なんとなくそこに入ってみたの。自分の体を押し込むようにすきまに入ったら、とっても気持ちよかった。私が望んでいたのはこれだって思った。心が満ち足りて癒されていくのがわかった。とても安らいで幸せだった。すきまに入っていると、自分は生きていてもいいんだって、そう思えたの」

しゃべりながら、彼女は何度も苦しげに咳き込んだ。

「辛かったんだね、ずっと」

「そうかもしれない」

「このすきまは、最高なんだ」

「うん、こんなに自分を締めつけてくれるすきまは初めて。私、やっと、自分のすきまにめぐりあったんだって思う。最高なの。本当に。すごくぴったり。とても幸せ。ほんとうのお母さんに抱かれてるみたい」

「あんまり、しゃべらない方がいいよ、苦しそうだよ」

「ありがとう」

そう言って、彼女はまた激しく咳き込んだ。

「私、もう行くね」

彼女の邪魔をしては悪いような気がした。

「うん」

また息で笑った。

「ちゃんと出れるよね?」

私が念を押すと、彼女は少し強くうなずいた。

「だいじょうぶ」

「じゃあ、さよなら」

「さよなら」

二、三分、駅に向かって歩いたけど、どうにもすきまの女のことが気になってしょうがない。
うっすらと夜が明け始めていた。あの音が、すぐそこまで近づいている。さわさわさわさわ……。すぐにここまでやって来る。流れに追いつかれたら、もう彼女とは二度と会えない、そんな気がして私は来た路地を引き返した。大急ぎで。なんで慌てているのか自分でもわからない。二日酔いはますますひどくなり、頭が割れそうに痛い。

それなのに私は巻き戻されたみたいにもと来た道を戻った。

あたりに群青のしじまが降りて来ている。ビルとビルとの間の暗い裂け目。なにか急に恐ろしくなって、私は立ち止まった。ゆっくり近づくと、すきまから、彼女の声が漏れてきた。その声は子供のように甘えて母親を呼んでいた。おかあさん、おかあさん、おかあさん……。

III

世界は二つある

夜明け

私が初めて出会った時、彼はプロの盲だった。

生まれた時から視力というものを持たなかった彼にとって、見えないことが普通だった。見えないことは彼にとって、それほど大きな問題じゃなかったみたいだ。

第一印象は、なんて明るい盲人なんだろうってことだった。盲人っていうのはやっぱり存在のどこかになにか陰をもって生きているものなんじゃないか、と私は思い込んでいた。だって目が見えないことは「障害」だから。「不自由」だから。だけど、それは本当に単なる思い込みだったんだな。

その日、私はたまたま彼と船に乗り合わせたんだ。島を回る小さな乗り合い船だった。白い杖に頬杖をつくように頭を乗せて座っている彼は、なんだかとてもリラックスして見えた。淡いブルーグレーのシャツを着ていて、白いチノパンをはいていた。髪は刈り込まない程度に短くしていて、それが日焼けした精悍な彼の顔に妙に似合っていた。目的の島に近くなると、アナウンスが入った。強風の影響で、非常用の桟橋に船をつけるというのだ。着いてみるとその桟橋というのは、幅六〇センチほどの浮桟橋で、手すりもなくて、風にぶんぶん揺れている。

「ここを渡るの？」

って私は思わず声に出して叫んでしまった。島の人たちは「あたりめーだろ」ってなばかりにひょいひょい渡っていく。人が歩くと浮桟橋はぐらんぐらんと左右に揺れるのだった。とうとう最後には盲人の彼と私だけになっちゃった。

この目の不自由な人、ここを渡れるのかなあと心配だった。もちろん自分のことの方がもっと心配だったけど。

するとと彼が、まるで見えてるみたいに私の方を向いて言うんだ。

「俺の後について渡ってください」

私は思わず彼の顔を見た。彼の目はまっすぐ私を見てるんだよ。だけどその目には黒目がなかった。目の中心は白濁していて、なんだか真珠を埋め込んだみたいだった。

「あなた、目、見えるの？」

「見えません」

「じゃあ、なんで私のことわかるの？」

するると彼はにこっと笑った。

「声が大きいから、すぐにそこにあなたがいるのがわかった」

私は声が大きいと言われてちょっとムッとしちゃった。

「悪かったわね、声デカくて」

「そんなことないです。そこにあなたがいることがわかるのはとても安心する。うれしいことなんです。声を出してもらえないと、いったい誰が自分の周りにいるのかわからないから」

落ち着いた声だった。何があっても慌てない、何があっても大丈夫、そんな自信に満ちた声だった。

「ふうん、なるほど」

「さあ、渡りましょう、俺についてきて」

「ついてきて、っていったってあんた……」

彼は器用にデッキに立つと、ひょいひょいとまるで見えているかのごとく桟橋に降りた。

そして、杖をまるで自分の触角みたいに這《は》わせて、桟橋の左端を確認した。そして、その左端をずうっと杖でたどりながら、とても確かな足取りで揺れる浮桟橋を渡って行ったのだ。彼がおいでおいでをする。

「落ちそうになったら俺につかまってください」

盲人に手を引かれるとは思ってもみなかった。桟橋の終わりまでくると、彼の杖は堤防のセメントを叩いて音が変わった。すると彼はひらりと堤防に飛び移り、振り返って私に言ったのだ。

「気をつけて」

私はあっけにとられて彼のことを見た。

彼はけっこう背が高くて、ちびの私が見上げると彼の後ろに南国の雲がぐんぐん流れていく。

白い膜をかぶった彼の目は、光を反射するとオパールみたいだった。私は初めてその目がきれいだなって思った。最初、気持ち悪いって思ったけど、でも黒目のない目は焦点がない分だけ、すべてのものを見通しているようにも見えた。以来、彼とはいい友達になったのだった。

毎夏、私は沖縄の島に行くたびに彼のことを訪ねた。私のヴェトナムの旅行記も点字にしてもらって読んだんだそうだ。いつか自分もヴェトナムに行ってみたいと言っていた。彼は海外にも二度ほど行ったことがあるそうだ。しかも一人で。彼は本当にプロの盲だったよ。彼の生活は完璧で、美しかった。なに一つ欠損を感じさせなかった。その物腰も、話し方も、明晰《めいせき》でセンスのよい青年そのもので、その動きは計算されていて、隙がなく、生きていることの緊張感に溢《あふ》れていた。

おととし、島に行った時、彼は私にこんなことを言った。

「俺の目、見えるようになるかもしれない」

それは、あまりうれしそうな声じゃなかった。

「すごいじゃない、だって今までお医者さんは絶対に無理だって言ってたんでしょう？」

「わからない。偉い先生から可能性があるから手術してみたらどうかって電話がかかってきた」

「ずいぶん、突然だね」

「うん。新しい手術方法だけど、海外で成功したんだって」

私たちは夕暮れの堤防に座って、ぴちゃぴちゃ波が堤防をくすぐる音を聞いていた。

「もちろん手術するんでしょう?」

「どうかな……」

「なんで? 見えるようになるかもしれないのに」

彼は黙ってうつむいていた。

「俺、見えるのが怖いんだ」

見えるのが怖いっていう彼を、私はうまく理解できなかった。確かに、彼は生まれついての盲人だけど、だからこそ光の世界を見てみたいはずじゃないかと思った。世界はこんなに美しい、この沖縄の海の、ソーダ水を溶かしたような色や、真夏のしたたるような緑、群青色の夕闇、ただれた太陽が海に冷やされていく、あのじゅうっと蒸気の立ちそうな日没。薔薇色の夕焼け雲。そんな世界を彼は知らないのだから。それは知った方がいいと思った。

盲の彼と会ったのは、その時が最後だった。

次に会った時、彼はもう盲人じゃなかった。

うまく言えない。彼は盲人じゃなくて、障害者になっていた。歩き方も、とても危なげで、見ちゃいられない。これがあのさっそうと桟橋を渡った彼かって思うほどよたよたと不安げに歩く。普通の道を、まるで酔っ払いみたいに。

彼の家は民宿を営んでいて、彼は家を手伝っていた。民宿の庭先に入って行くと、彼はコンクリートの階段に座って、豆をむいていた。声をかけると、彼は私の方を見た。その目には、薄茶色の黒目があって、でも目はまるで焦点を結べないでとまどうように虚空《こくう》を行ったり来たりしていた。それから彼はなにかを確認するように目をつぶって、そしてやっと声を出した。

「ランディさん、おひさしぶり」

私は、彼の方に近寄って行って、目の前に立ってまじまじと彼の顔を見た。

「ねえ、目、手術したの？」

「はい」

「私のこと見えるの？」

「はい」

「すごいじゃない、やったね、よかったね。見えるんだ、やったね」

彼はすごくあいまいにはにかんだように笑った。

「ありがとう。でも、これが見えるっていうのかなあ」

「やっぱり視力は低いんだ」

「いや、そういうことじゃなくて……」

「そりゃあ、とまどうよね、初めてモノを見るわけだから」


単純に喜んだ私は本当に馬鹿だ。後から島の人に聞いた話では、彼は去年の暮れ、手術が終わった後に自分の目をカッターナイフで切り刻もうとした。偶然、家人に発見されて大事には至らなかったけど、その後、海に落ちて死ぬ思いをしたそうだ。それも自殺ではないかと噂されていた。私には、手術が成功して視力を取り戻した彼が、なぜそんなに追い込まれるのかちっとも理解できなかった。手術した医師ですら予想できなかったのだからしょうがない。二八年間、闇の世界に生きてきて、一度もモノを見ることなく育った彼。そんな彼がある日突然に視力を取り戻したらどうなるか、それは経験のない私たちには想像もつかない世界の始まりだったのだ。

彼には視覚パターンというものが存在しなかった。

私たちは通常、物事をパターン認識する。どんな複雑なものも、かなり単純にパターン化して記憶していく。では、生まれたばかりの赤ちゃんはどうか。赤ちゃんには記憶されたパターンがない。赤ちゃんが誕生と同時に視力を持っていたら世界の複雑さに混乱してしまうだろう。だから、新生児の視力はほとんどゼロに近い。そのかわりに音と匂いで世界を認識していく。お腹のなかにいる時から赤ちゃんは完璧な聴力をもっている。

彼は生まれたばかりの赤ちゃんがいきなり正常な視力を持ってしまったような状態に置かれたのだ。まず、彼にはモノにフォーカシングする訓練がされていない。だからモノを見る……ということの基本を知らないのだ。焦点が合わず、視点は散乱している。焦点の合わない世界はぼんやりとした幻影のようだ。また彼には人間という認識パターンがない。さらに遠近法でモノを見る訓練がされていない。二次元と三次元の構造が彼にはわからない。しかも動体視力はゼロに近い。動くものに視点を合わせることが困難だった。彼が獲得した光の世界は、不愉快な抽象画のように猥雑で混沌としていた。

手術後初めて目を開いた時、彼はぶよぶよと不規則にうごめく不気味ないくつもの塊を見た。それが人間であるという認識が彼にはなかったので、それが何なのかわからなかった。人間とはこんな形……と触って知っていたものとずいぶんと違った。触覚で覚えたものを視覚に翻訳してイメージ化することができなかった。彼には世界中のものがギラギラして不気味に思えた。そのことは彼の家族をひどく落胆させた。彼の目が見えるようになれば、すべてはうまくいく、もっと幸せになれると誰もが期待し待ちわびていたからだ。

モノはあちこちを飛び回り、消えたり現われたりした。動体視力のない彼には動くものを捉えることができなかったのだ。さらに、彼を巻き込んだ無数の色、色、色。この世界は寸分のすきまもなく、びっちりとなにかの色で埋め尽くされていた。それが彼を窒息させそうになった。目を開けていると息苦しいのだ。物と色が迫って来て押し潰されそうになる。

「この世界には、すきまってないんだね。全部なにかで埋って見える」

彼には遠いと近いがわからない、世界は一枚の絵のように見える。音によって距離感を計っていた彼は、見えることによって混乱し、遠近感覚を失った。と同時に、音によって発達させた完璧なまでの平衡感覚も視力と引き替えに失ったのだった。

見えることは苦痛でしかなかった。

医学の専門書には、彼のように生まれながらの盲人で成人してから視力を獲得した例は世界に数十例しかないと書いてあった。そして、成人してから視力を取り戻した盲人が、見える世界のなかで自由に生きていくことはとても難しい……ということも。人間には幼児期に獲得しなければいけない能力がたくさんある。見える世界で生きる術も、幼児期を逃すと習得が困難になるらしい。特に、大人になってからでは人間の顔の複雑な表情を認識するのは不可能だという。いまだ、彼は人間の顔というものがわからないし、顔で人を覚えることができない。すべての景色は彼を飲み込もうとする巨大なアブストラクト。目を閉じた時だけ、彼はこの雑然とした色の世界から逃れることができるのだ。

彼は完璧な盲人だったのに、今は不完全な健常者になった。そのことの意味について考えると、私はただ途方に暮れて悲しくなる。この世界の混沌を生きる彼に、杖はない。発狂しないギリギリのところで、彼は生きている。でも、それでも彼は生きている。その事実が、すべてなのだ、それしかない。

「夜になると本当にほっとした。夜はすごく安心する、夜にはなにもない空間が生まれるから。世界が一色になる。世界の色は多すぎて僕には苦痛だ。僕はほかの人のように色を無視して生きることができないんだ。世界が一色になると、僕は安心する。そして音が帰ってくる。僕が慣れ親しんだ世界。音の世界。僕はだんだん、昼間寝て、夜起きているようになった。ドラキュラみたいだ。闇の住人になっちゃったんだ。光があると生きられない。だから、ドラキュラって僕みたいな奴だったんじゃないかって思う時あるよ。でもね、ある夜、一晩中、堤防に座って海の音を聞いていたら、世界が少しずつ光をおびていくのがわかった。ああ、これが夜明けというものかと思った。話には聞いていたけど夜が終わるのを見るのは初めてだったんだ。だんだんと真っ暗な世界が薄まっていって、世界に色が現われ始めた。だんだん、だんだん、世界が光を帯びていくのがわかった。それから、なんだかチリチリとしたものが闇の先の方から現われてきた。それが、とても暖かかったので、あれが太陽に違いないって思ったんだ。太陽はほんとにとても暖かかった。だから僕はこの色は暖か色だなって思った。そしたら後で、ある人がそれは本当に『暖色』って言うんだよって教えてくれたよ。僕は、その暖か色のものを見ていたら、少しだけ見えるってうれしいことなんだって思えた。世界が明るくなるのを見た時に、これがとても美しくて自然なことのように思えた。そしたら、なんだか光の世界で生きていける気がしたんだ。そりゃあ、とても気持ち悪くて、一人だけのけ者みたいで、不自由だよ。ひどい頭痛はするし、ときどきあまりにモノが多すぎて目眩《めまい》がする。吐く時もある。世界のモノの多さに僕はついていけない。だけど、たった一人、砂浜に座って海を見ていると、波の音とうねりがだんだんひとつになって、そういう時ほんの少しだけ世界に焦点が合って、はっきりと鮮明に景色が見える瞬間がある。そういう時は頭のなかがすうっとして、神経の昂《たかぶ》りが静まっていくような気がする。ああ、これでいいんだ、これでいいんだって思う。見えなかった時のようにとても確かに自然に、そこに座っていられる。ほんの一瞬なんだけどね、とても幸せな気持ちになれるから、僕はこれから一生かけてプロの目開きになろうって思ったりするんだ」

彼は夜明け前によく堤防に現われる。夜明けは彼の人生の象徴だ。闇に光が差す。彼にとってそれが幸せなことなのか、不幸せなことなのか私にはわからない。

でも、彼は夜明けのなかに人類共通の記号を読み取れる人だ。希望という記号を。

植物人間の夢

記入しよう記入しようと思いながら、いまだにドナーカードに記入していない。ドナーカードができた時は「よかった」と思った。私は臓器移植賛成派だったし、それは今も変わっていない。死んだらおしまい、生きているうちが花なのよ……が私の人生観だと思い込んでいた。悪行多き今生で、死ぬ時くらい人のお役に立ちたいものだと。なのに、私のドナーカードはピンクのレターセットといっしょに机の引き出しに入ったままだ。ときどき手紙を書こうとして黄色いカードが目に入り、なんだかとても気まずい思いをする。あー忘れてた。今度必ず記入するからね。そう心で呟いて私は慌てて引き出しを閉める。そして、また忘れてしまうのだ。

藤森さんが植物人間になったのは、今から四年前だった。不幸な火事があり、彼は逃げ遅れて大火傷《おおやけど》を負った。三六歳だった。民俗学を研究する学者だった。とりわけ東北のイタコの口寄せをテーマに独特の世界観を築いていた。直感力のある天才肌の男、その藤森さんが一夜にして植物人間になった。脳の火傷が水疱化して血液の流れが止まったのだ。たったの七分、酸欠になっただけで、類《たぐ》い稀《まれ》なる優秀な頭脳がこの世から消失した。そして、めきめきと回復する愚鈍なほど健康な身体だけが残った。

病室までの廊下を歩きながら、藤森さんの奥さんは「うちの植物さんも、そろそろヤバイかも」と言った。奥さんは藤森さんのことを「植物さん」と呼ぶ。「どうして？」と聞くと、もう使える抗生物質が残り少ないからとのこと。「今度の肺炎が最期になるかもしれない」と奥さん。

病室に入って行くと、藤森さんはベッドの上に起き上がって真っすぐ前を向いていた。目を開けているけれどその目は何も見ていない。もちろん耳も聞こえていない。当然しゃべることもできない。だが彼は《あたかも起きているかのごとく》見える。

「こんにちは藤森さん、久しぶりだね」声をかけても、もちろん反応はない。

「本当に聞こえてないのかなあ、しらばっくれてんじゃないだろうか」

藤森さんの顔の前で手をぴらぴらさせてみる。

「植物さんになりたての頃は、聴覚だけはかろうじて残っていたみたいなの。少しだけ音に反応していたから。でも、それもあっという間に消えちゃった。本人じゃないから断定はできないけど、何も見えてないし何も聞こえていないと思うよ」

奥さんは物を磨くように彼の顎《あご》の下を温タオルで拭いた。

「じゃあ、藤森さんの脳って今どうなってるの？」

拭かれるたびに藤森さんの頭がゆらゆら動く。半眼の奥の黒目もゆらゆら動く。

「意識はないよ。身体だけが生きている」

理解できなかった。藤森さんは今こうして私の目の前に存在している。しかも目を開けて、自力で呼吸して、そして流動食なら自力で飲み込む。でもそれはすべて身体が勝手にやっている生理反応なのだそうだ。彼は思考していないし、意識的に行動していない。彼の大脳新皮質は死滅し、脳の最も奥底にあった生命維持機能だけが生きて働いているらしい。

「頭の良さだけが取り柄の男なのに、皮肉なもんよね」

奥さんはそう言って、藤森さんのほっぺたをぴたぴたと叩いた。四年間、奥さんは彼に語りかけ続けた。好きだった音楽を聞かせ、本を読んで聞かせ、呼びかけ、触り、時として激しく泣いて揺すった。だが、藤森さんは一度も彼女に応えることはなかった。

意識がなくても彼は藤森さんだ。そう見える。では人間の存在って何なのだろう。私という意識をなくしても私は私なのだろうか。わからない。考えるとこんがらがってくる。

藤森さんは、時々げっぷをしたり、おならをしたりした。それもすべて生理反応だという。アメーバといっしょだと。だとしても私は彼に人間としての存在を感じずにはおれない。藤森さんは藤森さんだ。脳と人間存在はイコールじゃない。

「藤森さんが死んだら、藤森さんの臓器って使えるのかなあ」

元気だった頃、藤森さんは私と同じように「死んだら終わりだ」と言っていた。合理主義者のくせに「口寄せ」や「霊媒」に興味をもっていた。合理主義者だからこそ、霊の存在を見極めたかったのかもしれない。

「内臓関係は薬でボロボロでしょ。角膜くらいなら使えるかもね。でも、この人は死んだら即、解剖よ。医学の発展のために身体を全部、腑《ふ》分《わ》けされるでしょうよ」

藤森さんの寝巻きのはだけた胸をひとさし指でつーっと切る真似をする。奥さんは最近、看護婦になるために勉強を始めたそうだ。

「そっか、そうだろうね」

小さなげっぷを一つして、藤森さんはさっき食べたヨーグルトのよだれを垂らした。

藤森さんの危篤の知らせを受けたのは、それから半年たってからだった。夜一〇時頃に奥さんから電話がかかってきた。「もうダメだと思う。四年間よく植物さんで生きたよ」と気丈にも奥さんは言った。やはり肺炎だそうだ。「来なくていいよ、意識ないし」藤森さんというパーソナリティは、確かに四年前に消えていた。魂はどこにあったのだろうと思った。肉体なのか、それとも意識なのか。

埼玉の病院まで駆けつける気力が出なかった。心のどこかで、もう藤森さんはあの肉体にはいない、と思っていたのかもしれない。なんとなく後ろ髪を引かれるような思いで、私は床についた。なかなか寝つかれず、頭の中をとりとめもない思いが巡っていく。ばたんばたんと何度も寝返りを打ちながら、やっと眠りに入ったら夢を見た。

「おい、おい田口、起きろバカ」ああ、この口の悪さは藤森さんだなあと思う。あれ、なんで藤森さんが居るんだ、そう思って起き上がったら藤森さんが腕組みをしてベッドの端に座っていた。猫背で足を組んでいる。眼鏡の奥の目が相変わらず意地悪そう

いた。

横柄な奴である。だが、そうだ、こういう奴だった。私は「すみません」と謝って
「どうしたもこうしたもない。起こしたらすぐ起きろ、時間がねえんだ」

「藤森さん、どうしたんですか？」

だ。


「俺は今、死んだところだ。やっと自由になったんで抜けて来た。急がないといけない。用件だけ言うから耳の穴をかっぽじってよく聞けよ」

唾を飛ばして藤森さんが言う。

「あ、は、はい」

ああ、やっぱり藤森さんは死んだのかと思った。意外なくらいすんなりとその事実を受け止めていた。

「いいか、俺は脳へ送られる酸素が途絶えて脳細胞が死に植物状態になった。お前、植物人間ってのがどういう状態かわかるか？」

わかるか、わかるか、わかるか……、藤森さんに質問されると緊張のあまり頭の中が白くなる。

「わかりません」

肩をすくめ、泣きそうに私は呟いた。

「そうだろう、だから俺が教えに来てやったんだ、ありがたく思えよ。まったく俺は後輩思いの男だぜ。いいか、俺は脳が死んだら全部終わりだと思ってた。脳こそすべて、脳が死ねばジ・エンドってな。ところが、違うんだ。全然違うんだ。よく聞けよ、俺の脳はまず一番外側の大脳新皮質が壊滅していった。恐ろしかったぜ、停電で電気が消えてくみたいにブチブチと思考がちぎれていくんだ。そして暗黒が広がっていく。世界の終わりだ。無だ。恐ろしい無が拡大して飲み込んでいく。なにもかも。もう終わりだと思った。ところが、古い脳の一部がかろうじて生き残った。そして、俺は夢を見始めた。時間も空間も始まりも終わりもない、めくるめくような夢だ。人間の夢なのか、犬の夢なのか、トカゲの夢なのか、鳥の夢なのか、それすらもわからない。イメージの断片だ。回転する万華鏡のようだった。俺には自我がなくなってたから、イメージは自分と同一だった。俺がイメージそのものになった。自と他の区別のないドロドロに溶け出したイメージの塊が俺だった。どうだ、すげえだろう?」

藤森さんは両手をついてじりじりと私の方に顔を寄せて来た。

「すごいですね、アルタード・ステーツみたい」

興奮のために藤森さんの眼はギラギラと光っている。鳥のように丸い眼になっている。黒目が同心円を描いてこっちに迫ってくる。

「だが、いつしか大脳辺縁系にも死が広がっていった。俺は夢すら見なくなった。脳の奥深くにある最も古い脳がかろうじて俺を維持し続けた。いいか、大脳新皮質が死滅した俺には意識のかけらすらなかった。野放しの本能だけがあった。感覚もなかった。だが俺は生きていた。その時、俺が体験した世界はな、リズムだった。わかるか、リズムだ。周期的な美しいリズムだ。人間の身体はリズムによって制御されている。意識を失った俺はリズムそのものになった。俺自身が法則だった。宇宙だった。暗黒の宇宙。そしてその宇宙は細微で正確で調和的なリズムによって制御されたパーフェクトな世界だったんだ。心臓、血液の流れ、細胞の分裂、何十万もの肉体の要素がそれぞれのリズムで調和しあい均整をとっている、俺はそのリズムそのもの、世界そのものになった。静かな美しい世界だった。人間の知られざるもう一つの宇宙、生命の交響曲、魂のふるさとだ」

うっとりと天を仰ぎ、藤森さんは自分の記憶に酔っているようだった。

「意識がすべてではない、意識の死がすべてではない。意識が死んで目覚める世界がある。俺はそれを教えに来た。すでに俺の肉体は死んだ。だから俺は肉体の宇宙から抜けてここに来た。次の宇宙に行くために。存在は宇宙だ。肉体は最高の芸術だ。意識がなくなればそれがわかる。いかん、長居をした。もうイカネバの娘だ」

藤森さんは得意の駄洒落《だじゃれ》を言うと、立ち上がった。

「あばよ、元気でな。また会おう」

心臓がどきどきして、自分の鼓動にびっくりして目が覚めた。時計を見ると午前四時。夢の中の藤森さんの存在があまりにリアルで怖くて起き出せない。手足が冷たい。首筋が痺《しび》れている。イカネバの娘って言った。彼の好きな曲「イパネマの娘」をもじったつまんない洒落だ。彼が元気な頃の得意ネタだ。しばらくして電話が鳴った。奥さんだった。「御臨終になったわよ」と泣いている。「いい気な死に顔だった」って。藤森さん、ほんとに死んで肉体から抜けて来たんだろうか。夢の中の出来事がリアルすぎて、現実に夢が漏れてくる。なにがほんとうで、なにが幻想なのか、それとも全部幻想なのか。

意識はすべてではない、と藤森さんは言った。肉体の宇宙は意識が死ぬと目覚める……と。そこは魂のふるさとだ、とも。

私も死ぬ時はそれを体験できるのだろうか。何をくだらない夢物語を……と思う。でも、藤森さんがあまりにリアルだったので、私はいまだにドナーカードを持って迷っている。

虫の生き様

虫が嫌いだった。

ゴキブリとか、カマキリとか、コガネムシとか、そんな虫ならまだいい。わいてくる虫、あれが駄目だ。ざわざわと意味もなく、腐敗した食物から発生してくるあの虫が嫌いだった。

梅雨時の台所が嫌いだった。

ほんのちょっと生ゴミを放置しておくだけで、ショウジョウバエが発生する。ツブツブした虫が目の前をかすめて飛ぶのが耐えられない。もっと不快なのは穀物につく虫だ。蒸し暑い日が続くと台所の穀物の中に小さなウジのような虫が発生する。それはなかなか目に止まりにくい。

ところが、しばらくするとその虫が羽化して蛾《が》になる。いや、蛾とも言えないようなひよひよと頼りない虫だ。この虫は醜く愚鈍で、触っただけですぐに死んでしまう、情けないほど生命力のない虫だ。羽化しても飛び立つわけでもなく、台所の壁に所在なげに張りついている。ときどき無目的に飛び回り、食器や調味料の陰で死んでいる。存在価値もない。造形的な美もない。生まれた時から叩きつぶされたようなひしゃげた形をした羽。縮れた毛のような足、鈍い動き。

こんな虫はいったい何のために生まれてきたんだろうと思った。

ある日、夕飯の支度をしようと台所に立つと、あの虫が、壁いっぱいに張りついていた。しかも、一斉に交尾していた。二匹の醜い蛾が、尻と尻をくっつけて、壁の上をはいずりまわっていた。それが何組も。あの時の嫌悪感。体中が総毛立った。見てはいけないものを見た気がした。掃除機で交尾する蛾をゴウゴウと吸い取った。蛾たちは尻を合わせたまま、おろおろと逃げまどいながら、吸い取り口に吸い込まれていった。私はしばらく台所に立てなくて、自分の部屋に閉じこもって鏡を見つめた。あの虫は、いったい何のために生まれてきたんだろう。あんなに弱くて、あんなに馬鹿で、それでも生まれてきて交尾している。いったいどんな存在理由があの虫にあるんだろう。あんな愚かなものが、どうしてこの世の中に生き残っていられるんだろう。

そこまで話してから、ユウコは現実に戻ったみたいに私の顔を見た。

「それからなのよね、なんとなく宗教に興味をもったの」

ユウコは名前を言えば誰でも知っている新興宗教の信者だった。何年か前に大規模なテロ事件を起こした教団の裁判は未《いま》だに続いている。ユウコは私の高校の同級生だった。高校の頃は気が合って、よく学校帰りにいっしょに街をブラブラしたり、お茶したりしていた。だが別々の進路を選んでからは、クラス会の時以外に会うことはなくなった。

私はユウコがそんな宗教に入っていることなど、これっぽっちも知らなかった。こうしてユウコがやって来て打ち明け話をしなければ、永遠にそんなこと夢にも思わなかったと思う。

ユウコは突然やって来た。電話があって、電話の一〇分後にはドアの前に立っていた。やって来たユウコが高校の時と変わったとは思えなかった。少し痩せたかな、というくらいで。やや、雰囲気が「眠い」感じがしたけれど、きっと疲れているのだろうと思った。

「虫がきっかけでね〜」

と、私は返事に困って適当な相槌《あいづち》を打った。

「そう、虫ね。あの虫を見ていたら、自分はなんで生きているんだろうって思った。人間もなんだかあのひ弱で愚かな虫に思えて、そう思ったらいてもたってもいられなくなった。あまりにも醜くて。生きている姿があまりにも醜く思えて、自分が信じられなくなった。だから、もっと強くて高潔な自分になりたいと願ったの」

なんでユウコは、わざわざ私のところへやって来たんだろうって思った。私の住所は同級生名簿を頼りに親から聞いたらしい。

「あのさ、頭に電極みたいなのつけるでしょ、あれもやってた？」

「ああ、あれね、うん、つけてたよ」

「修行するぞ、修行するぞ、ってやってたの？」

「やってた、やってた」

短大を卒業してから、ユウコは小さな商事会社で営業事務をしていた。その頃に腰痛がひどくなってヨガ道場に通ったのがきっかけだったそうだ。その後、出家しようと試みたけれど、うまくいかなかった。あそこが不潔すぎて……と彼女は言った。そういえば潔癖症だった。

「修行してた頃ってどんな気分だった？」

「うーん、そうね、なんとか自分が虫から人間にはいあがろうとしていたって感じ。あの虫のイメージがね、どうしても頭から離れなくて、あたしは自分が虫として人生を終わりたくなかったのね。人間に生まれた意味は、人間は自分を高めることができる、それだって思った。もし、自分に何の努力も課さなければ、それではあの虫と同じ。ただ、よわよわと飛んで、無目的に怯えて、そして愚かに交尾して、死ぬだけ、そう思った。だからより高い存在として、自分が生まれた意味について知りたいと思ったの」

「それで、その答えは見つかったの？」

「見つかったような気がした。修行をしてた時に、ああそうか、これなのだって思った。ところが、時間がたつと忘れてしまうの。変でしょう、これだって思ったのに、あんなにはっきりと自覚できたのに、まるで夢だったみたいに忘れてしまうの。なぜ忘れてしまうんだろうって思った。きっと自分の修行が足りないからだって。でも、見えた……という感触があったから、もうそこに突っ走って行ったって感じ。きちんとつかみ取りたかった。でも結局、錯覚だったのかもしれない」

「そうか……」

私には話を聞く以外になにもできなかった。彼女の体験に個人的興味はあったものの、それを露骨に彼女にぶつけるのはためらわれた。

「いきなり来られて、困ってる？」

「困ってはいないけど、びっくりした」

正直に言うと彼女はウフフと笑った。

「そうよねえ、ごめんね」

「いえいえ」

かつてどんな共通の話題があったろう、って私は一生懸命に過去の記憶を検索していた。

「インターネットでね、あなたのコラムを読んだの。それで、急に会いたくなった」

なるほど、そういうことかと思った。インターネットのサイトに文章を発表するようになってから、時々古い古い知りあいから連絡をもらうのだ。

「覚えてないかなあ」

「なにを？」

「高校の時にさ、二人でいっしょに帰ったりしてたでしょう？　その頃にね、お墓参りしたじゃない？」

「お墓参り？」

そんなことがあっただろうか、あったような気もする。

「あなたったらさ、お墓の中を歩き回って全然知らない人の墓石の前でお参りしたりしてたよ。お墓に行くと落ち着くって言ってた」

そう言えば、一時期お墓に凝っていたことがあった。深い意味などなかった。なんとなく墓地という非日常の場所が気に入っていた。

「そういや墓参りしてたなあ。変だよねえ、高校生が墓参りなんて。あの頃、なんか変わったことをしてみたかったんだよね」

私は取り繕うように言った。なぜ自分がそんなことをしたのかまったく説明できなかった。死の匂いを感じてみたかったのかもしれない。

「あなたよく言ってたのよ。私は強くなりたい、って。私は強くなりたい。自分の感情に流されないくらい強くなりたい。恥ずかしいとか、怖いとか、辛いとか、そういう気持ちに自分が流されることなく、いつも正直に自分の気持ちを生きることができるように、そういう強い心が欲しい、って」

なんだか恥ずかしくなった。若い頃の自分を思うと赤面する。一〇代の頃の自意識過剰な自分を見たくない。なんであんなにあらゆることに過敏で傷つきやすかったんだろう。

「そんなこと、言ったかなあ……。でも強くなりたいって思ってた。確かに」

「あたしも強くなろうとしたのよ。修行して感情に動じない自分になりたかった。解脱したかった。カルマを捨てて自由になりたかった。今でもそう思っている。ただ、どうやってそこに到達していいのかわからない。道を見失ってしまった。あなたはどうしたろうと思って。もし本当に強い心を手にしていたら、それをどうやって手に入れたんだろうと思って」

確かに、私はいつも思っていたっけ。一〇代の終わりから二〇代の初め。私はいつも願っていた。神様、私は強くなりたいのです、と。感情に翻弄《ほんろう》されるのが辛かった。なぜ感情によって自分が左右されてしまうのか。他人の言葉や視線や態度に自分が影響されオロオロするのか。それが情けなくて、辛くて、苦しくて、もっともっと確固たる自分でありたいと願い続けた。だから自分を知るために心理学を勉強したし、ワークショップや気づきのセミナーにもたくさん参加したんだ。でも、結局、そういうことで自分は強くなったりしなかった。

ユウコは強い自分になるための方法をきっと宗教に求めたのだ。私だって、もしかしたらその選択をしていたかもしれない。可能性がないわけじゃない。きっと私たちは似ていたんだ。

「私の場合は、強くなったっていうより、鈍くなったのかな、あははははは」

ほら、私はこの瞬間もこうして自分を隠して笑っている。本当に彼女に伝えたいのはこんなことじゃない。鈍くなったと言いながら、どこかで彼女に優越感を感じているその弱さ。自分は成長して物事に動じなくなったと傲慢にも思っているその弱さ。

「今でも思う？　感情に負けない心が欲しいって」

ユウコは昔と変わっていない。過敏で潔癖で傷つきやすそうな大きな目。

「今は、思わないなあ」

嘘だ、思っているくせに嘘をついた。

「どうして？」

どうして私は嘘をついたんだろう。

「どうしてっていうか……。あたしは自分と戦うのやめたから」

そんなことはない。感情の嵐に未だに翻弄されながら生きている。ただ、本当に鈍くなった。三〇を過ぎてからはひとつの感情に長く執着することができない。

「ねえ、それよりも聞いていいかな」

私は話題を変えた。

「どうぞ」

「あのね、あなたが修行して自分をより高めようとする。じゃあ、その修行をあなたにさせようとしているあなたは誰なんだ？　そして修行しているあなたは誰なんだ？修行させようとしているあなたは、修行しているあなたより強いのか？　その二つは同一人物ではないのか？」

ユウコは、驚いたような顔をして私を見てから、黙った。考え込んでいるみたいだった。

「そんなふうに考えたこと、なかった」

「じゃあ、考えてみてよ。いったい弱い自分をどんな自分が強くさせようとしているのか。自分を修行に導いたのはどんな自分だったのか」

「修行しようとしている私は私の神聖な意識。そして現実に甘んじようとしているのが私の現世意識……そう思う」

「その二つは別のものなの、それとも同じものなの?」

「わからない」

「私は、自分の中にいろんな自分があるんだと思う。強い自分も弱い自分も。それでいいんじゃないかなあ、人間って」

だめだ。私はどうしてユウコの前で不誠実なんだろう。こんなことを言いたいわけじゃない。彼女の気持ちを私はぼんやりと理解できる。それなのに彼女をわからないフリをしている。なぜだろう。彼女が危険な宗教を信仰していたからだろうか。違う。そんなんじゃない。純粋に生きるのが怖いのだ。ユウコのように。なぜ生まれたか、そんなことをピュアに考えたくないのだ。突き詰めて考え始めたら、この日常が壊れてしまいそうだから。見ないふりをしたいのだ。

ユウコは帰って行った。彼女が帰ってからひどく後味が悪かった。いかにも親しげに彼女に受け答えしながら、私は避けていた。彼女と真正面から向き合うのを。めんどくさいと思った。なぜ生きるかなんて思春期の問題だ。大人がそんなことを考えている暇などない……と。

自分は虫のような存在、そう考えると私も怖い。

今日もどこかの国では誰かが地雷で吹き飛ばされる、殺される、撃たれる、飢えて死ぬ。人はかくも虫のように生まれてセックスして死んでいく。考えてみたら、なぜ生まれてきたのか、なぜここに生まれたのか、なぜ私なのか、大事なことはすべて教えられることなく、人は虫と同じように生まれて死ぬのだ。

帰り際にユウコが言った。

「一度考え始めてしまったら、もう後戻りはできなくなった。あたしは生まれてきた意味が知りたい」

純粋な人たちは、いつも自分の意味を求めている。それが彼らを、時としてわがままにし、時として自殺させ、時として犯罪者にしたりする。ずいぶんじゃないか神様、と思う。人にはどう生きるかという選択肢しかない。なぜ生まれたのかも、なぜ死ぬのかも定かでない。人にあるのは「間」だけだ。誕生と死の間。このとりとめのないあいまいな時間。その意味について私たちは何も知らない。

前世を知る意味

「田口さん『ぼくの地球を守って』っていう漫画を読んだことありますか？」

居酒屋で一杯やっていたら、S出版の編集者がいきなりこう言うのだ。

「うーんと、タイトルは知っているけど読んだことはないなあ」

「そうですか、ぜひ読んでみてください。僕、実はハマってるんですよ」

「へー、そんなにおもしろいの？」

「ぜひ、田口さんの感想を聞きたいから、今度全巻送りますね」

というわけで、二日後には我が家に『ぼくの地球を守って』という少女漫画が全巻送られて来たのだった。漫画は好きだ。自慢じゃないが私は、青年漫画週刊誌に関してはほぼすべてを網羅し読破している。でも、少女漫画は最近とんとごぶさただ。少女漫画を読むのは新宿のサウナに泊まった時くらいだが、たいがい読みきれず途中で寝てしまう。少女時代にあんなに愛した少女漫画の世界で、私はもう遊べなくなってしまった。少女漫画にトキメイテいた純な自分が少し懐かしい。ノスタルジーも手伝って私はさっそく『ぼくの地球を守って』を読みだした。読んだことのない方のためにちょっとだけ内容を説明すると、この漫画は前世を記憶する少年少女の物語だ。

ある時、高校生の少年二人が、奇妙な夢を見ることに気がつく。二人はある共通の夢を見ている。そして夢の中で彼らは別の人物になり変わっている。現実には二人は少年なのだが、夢の中では一人は男で、もう一人は女。しかも相手に恋をしている……ときたもんだ。

で、ひょんなことから転校生の女の子も同じ夢を見てしまう。こんな偶然があるんだろうか、と三人はびっくりだ。なにしろ、その夢は「月から地球を観察している異星人たち」の夢なのだ。そして、自分たちがその異星人として夢の中で地球を見つめながら、愛あり恋あり悩みありの生活を送っている。それを断片的に夢に見るわけである。

月には七人の仲間がプロジェクトを組んで地球を観察していた。ということは、他にも四人、この奇妙な夢を見る仲間がいるのではないか……と考えた三人は、同じ夢を見る仲間を探し出すのだった。そして出た結論は、この夢に現われる異星人は自分たちの前世だということだ。

異星人たちは、地球観察プロジェクトとして月の基地に派遣されたのだが、その間に惑星間戦争が起こって母星が消滅してしまうのだ。帰る場所を失った彼らに仲間割れなどの悲しい事件が次々と起こる。そして最後は、ウイルス感染による病気で全員が死んでしまう。そして再び、彼らは地球人として転生してくるのだけれど、前世の恨みつらみ悲しみ憎しみ愛、という感情が彼らの中に残っていて、それが彼らを再び呼び寄せてしまうのだった。

SF的要素あり、恋愛あり、そして学園モノでもあり、さまざまな要素がからみあった楽しいストーリー展開でぐいぐいと読ませる。おもしろい。さらに読み進むと、前世として描かれていた「月基地での異星人としての生活」が実は前世ではない……つまり世界はパラレルにリンクしている……という、ある種の世界観を提示してくる。確かに、輪廻《りんね》転生という問題を考え出すと、それをこの三次元の時間感覚だけで考えるのはナンセンスなのかもしれない。転生とはパラレルな世界の中に起こる時間を超越した現象だと考えた方が、ずっとロマンチックだ。

で、この漫画のテーマは「前世の記憶、つまり過去のトラウマを乗り越えていかにして自分を生きるか」ということなのだった。うーむ。こんなおもしろい漫画を読んだら、思春期の少年少女は前世が欲しくなるに決まっているだろうと思った。最近の前世ブームにこの漫画が関与していたのか、と私は納得した。

私の知りあいに前世療法という、ものすごく怪しげな心理療法によってカウンセリングを行っている女性がいる。はっきり言って、私は心理療法も前世まで持ちだされてしまうと、いかに知りあいであろうと眉に唾をつけずにはおれない。なにも前世まで遡《さかのぼ》ってトラウマとやらを見つけてこなくたっていいではないか、と思ってしまうのだ。この前世療法とは、退行催眠によって、自分の前世の記憶をたどり、前世でどのような人生を送ったか、その時の記憶をもとにその人の「カルマ（業《ごう》）」を知り、それを現世で生きることに役立てるというものだそうだ。

あまり信用していない私としては、つい意地悪なことを言いたくなってしまう。私は現実レベルの問題に前世を持ち込むのは賛成しない。今の自分のことは今の自分として向き合った方がいいんじゃないかと思うのだ。

「あのね、私の知りあいの経営コンサルタントのおじさんが前世リーディングしてもらったんだって。そしたら『あなたは前世でアレキサンドリアで医者をしていた』って言われたんだって。それから、私の友人の編集者は『前世は中国の貴族だった』って言われたんだよ。でもさ、変じゃない？　なんでみんな前世って外国でさ、しかも貴族だったり、医者だったり、音楽家だったりするわけよ？　なんかインチキ臭いじゃない」

するとと彼女はこう言うのだ。

「ほとんどの人は、すでに過去に何十回も転生しているんです。そしてほとんどの人が農民だったり、奴隷だったりと平凡かつ苦労の多い前世を経験しています。だから多くの人は田口さんのように、自分の前世なんか知りたいと思わない。私たちもあまりに悲惨な前世は探りません。前世の九〇パーセントまでは、非常に苦労の多い人生なんです。そして、たいがいの人は前世に興味がありません」

「ふーん。すると、前世を知りたい人と知りたくない人の二通りが存在すると……」

前世に興味のない私は内心、やっぱり私は農奴かなんかだったのだ、とちょっとがっかりした。

「そうです。自分の前世を知りたいと熱烈に思う人は、前世を知らなければならない、知ってカルマを落とさなければいけないような理由があるわけです。その、必要性っていうのを強く感じてしまっているから私のところに来て、わざわざ前世を見るわけです。そうすると、やはり何かあった人が多いです。でも、多くの人はそこまでして前世を知ろうとは思わない。それはそれでいいわけです。だいたい前世なんてのは知らない方がいいです。現世だって大変なのだから、過去の辛い記憶まで、用もないのに背負い込むことないでしょう」

そう言われてしまうと返す言葉もない。なるほど、前世を知らなければ困る人のために前世リーディングは存在するわけか……。それはまるで、インドにある有名な予言書みたいだな。そこに行くと自分の運命を書いた予言書が必ずあるという。それは、そこにやってくる人の分しかないのだそうだ。つまり、私のように自分の人生をわざわざ知るためにインドに行こうなんて思わない奴の分は置いていないのである。

前世も運命も必要な人の分しかない。なんだかうまくできているなあと思った。前世とはそれを必要とする人のためにすでに用意されているものなのだ。そして、どうも最近は前世を必要としている人の数は増えているみたいだ。

浅羽通明著『天使の王国　平成の精神史的起源』（幻冬舎文庫）の第一章は「前世を渇望する少女たち」というエッセイで始まる。

ここでも『ぼくの地球を守って』は例に取り上げられている。なんでも、この漫画のように夢に出てきた前世の仲間を探す投書が八〇年代から急激にオカルト雑誌の文通欄で増えていったのだそうだ。前世でいっしょに戦ったらしい同志、仲間を求める若者を、浅羽さんは「転生や戦士は、今の時代に若者が共有するサブカルチャーだ」って言う。さらに浅羽さんは、今の若者は「人間関係の不安を前世で仲間だったことで保証する」と分析している。なるほどなるほど。そして「自分限りの存在理由を手だてとしてたがいに慣れ合うための仲間を求める」のだそうである。

うーん、そこまで意地悪に考えなくてもいいんじゃないかなあ、って私は思った。なにを隠そう、私は一四歳の頃、前世を渇望する少女だった。

私は一四歳の時にヘルマン・ヘッセの『デミアン』を読んで、強烈なカルチャーショックを受けた。この『デミアン』という小説は不思議な短編で、副主人公のマックス・デミアンという謎の少年は「アブラクソスの神」を信仰している。そして彼の影響を受けて、主人公のエミール・ジンクレールは自分の内面世界へと旅していくのだ。

私は友達からすすめられてこの本を読んで、『デミアン』に心底ほれ込んでしまった。そして、友人五人と「アブラクソスの神」を信仰するグループを作ったのである。つまり、自分たちで「ゾロアスター教」を勉強し始めたわけだ。ゾロアスター教というのは奇妙な宗教で、三〇〇〇年をひとつの周期とした三つの周期の連続で世界は構成される、などと神秘的なことを説いている。ますます熱狂してしまった。

その時、幼い私が感じていたのは、自分は選ばれた人間であるということだった。今こうして自分がゾロアスター教を復活させようとしているのは自分が選ばれた人間であるからだ。そして、この仲間も選ばれた同志なのだ……。そんなことを空想して、毎日遅くまで図書館の資料室に残って、先生の目を盗んでは密会を続けていた。私たちは「デミアン」な世界にずっぽりと浸っていて、蠟燭《ろうそく》を見つめる秘密の儀式を行った。毎日がものすごく充実して、本当に幸せだった。学校に行くのが楽しみでわくわくした。早く午後になって、みんなと会って、自分たちがいかに不思議なことを経験しているかを確認しあいたかった。

あの奇妙な高揚感、熱病にかかったみたいな興奮、あれは何だったんだろうって思う。だから私は、新興宗教やオカルトや精神世界に浸っていられる人は、あの一四歳の自分のような状態なのじゃないかと思う。本当に本当に、充実感があった。まるで物語の主人公になったみたいに興奮していた。

私は自分にはきっと不思議な力があると疑っていなかったし、いつかそれが開花することだろうと信じていた。ところが、この「デミアン熱」も、一年もたなかった。私はある男の子を好きになり、その子の注意を引くために図書館で張り込んだり、着飾ったり、顔にクリームを塗ったりすることにかまけて、自分が「ゾロアスター信者」であったことなどすっかり忘れてしまったのだった。

だけれども、私はあの一四歳の一年間に、自分が神話的な世界で遊べて本当によかったなあと今になって思うのだ。荒唐無稽の空想に浸っていられる時間はとても短い。そういう時間を経ずに大人になるのは、なんだか思春期に大切な忘れ物をしたような感じなんじゃないかと思える。

だから、少女たちが前世を渇望して、夢の同志を探したところで、それはまあ素敵なことなんじゃないかと思うのだった。現に私だって、そういう少女だったけれど無事に大人になった。

私が気になるのは、前世を渇望する人たちを指導したり、導いたりしようとする自称「指導者」な人たちのことである。だいたい、オカルト趣味の人が事件に巻き込まれる時は、必ずと言っていいほど、そこに「超越者」あるいは「能力者」あるいは「グル」あるいは「先生」と名乗る人々がいて、裏で糸を引いているのだ。

以前に、女子中学生が、死後の世界を覗こうとして自殺を計ったという事件があった。この事件も、グループの中に前世を見られるという自称「霊感少女」がいて、彼女がグループ内にリーダーとして君臨し、そして仲間の前世を教え、最終的にはこの自殺事件のきっかけを作った。

こういう飛び抜けた存在がいる時、オカルトは事件に発展する。そうでなければ、普通は個人の趣味の範囲で終わるのだ。私は、どういうわけか縁あって、様々な能力者と呼ばれる人々にお会いしてきた。超能力から、気功、レイキ、霊媒師、預言者、魔法使い、瞑想《めいそう》のマスター、前世を見る人、オーラを見る人、幽霊を見る人、もうたくさんの、その不思議な方々にお会いしてきた。そして、その中には、本当に素晴らしい力と叡知《えいち》を備えた人がいた。

その反面、ものすごく危ない人もいた。問題はこの危ない人の方である。見た目にも変であればさして問題ない。そんな人のところには誰も近づかない。困るのは、話すことも、見た目もとても善人ふうの危ない人である。まるで神様の化身のような風貌をしていらっしゃるが、中身は俗人だったりする。彼らは確かに、普通の人よりもちょっとだけ特別な能力をもっている。そして、超自然現象にかなり詳しく、それを体験してもいる。

そのような人が、自分のある種の不思議な力を自覚した時に、自分の自尊心を満足させるために他人を利用してみたりしがちなのだ。このような人はとても直感力が鋭いので、なにかと他人のことを言い当てて、そして相手が「なんでわかるんですか」と驚くと「ほらね」と言わんばかりに自分の能力を誇示し、相手を魅了してしまう。半信半疑だった相手が、だんだんと自分を信じて言いなりになるのを見るのがムショウに快感なのである。自分が力をひけらかして他人を支配しようとしているなどとは、これっぽっちも思っていない。それを無自覚的にやっている。

とかく「心」とか「精神」というものを扱った領域には、こういう「自称・指導者」みたいな人がわんさかいて、そして「自分にも不思議な能力があるのではないか」と、不思議体験を渇望する少年少女、老若男女を呼び寄せては、彼らに自分の能力を見せびらかし、そして、それによって他人を思い通りに動かして喜んでいるのである。

この人たちの目的はお金儲けではない。だから、一見するとイイ人なのだ。極端なことを言えば、お金儲けをしているイカサマ師の方が、他人の精神に与える悪影響は少ない。エセ覚醒者はお金ではなく、自分に能力があることを確認するために、他人を利用して自己満足を得ている。そんな人の能力なんてのはタカがしれている。よってこういう人たちは、自分がより注目されるために、どんどん言動をエスカレートさせていく。自分が他人を精神的に支配するために、自分すらも騙《だま》していく。

確かに一般人より優れた直感力があったりするので、信心深い一般人はころりと騙されていっしょにエスカレートしていく。そしていつのまにか破滅への道を進んでいる。人徳と直感力は比例しない。それどころかなまじ直感力があると、自分を選ばれた人間だと誤解してしまい、他人を支配したくなるらしい。

トランスパーソナルから前世まで、シャーリー・マクレーンからサイババまで、精神世界の領域はどんどん広がっている。もし前世について知りたくなってしまったら、前世を知ることの意味はきっとある。興味とは無意識からのサインだ。受け取って行動すれば発見がある。どんなに怪しい世界であっても飛び込んで冒険する方が人生は楽しい。

だけど、妙に貫禄があって、妙に思わせぶりなことを言うのが好きで、妙におせっかいな「自称能力者」には気をつけなければいけない。うっかり近づくとその人の自我の餌食《えじき》にされて、最後は集団自殺を迫られたり、キツネを追い払うために水責めにされたりする。

力ある人はむやみに他人にちょっかいを出さない。真の霊能者は他人の人生に影響を与えるのを嫌うのだ。だって彼らにとって出会うべき人は、もう事前にわかっているのだから。

白洲正子と無意味な世界

平凡社から出ている、白洲正子著『花にもの思う春—白洲正子の新古今集』（平凡社ライブラリー）を読んだ。白洲正子さんは昨年末にお亡くなりになった随筆家で、私は白洲さんの文章がとても好きだった。白洲さんの文章というのは、私のごとき無教養の人間が逆立ちしても書けない奥深い知性と感性と経験に裏付けられたものだった。白洲正子さんを思う時、私はどうしても「育ち」というものを考えてしまう。白洲さんは、樺山伯爵家の次女として生まれ、幼少の頃よりお能をたしなみ、今でこそ陳腐な言葉になり下ったが本当の「知性と教養」があった方だ。海外留学経験もあり、日本文化に深い造詣《ぞうけい》があり、しかも夫があの白洲次郎氏ときたもんだ。

私はあのような、美男でお洒落で頭が良くて素敵な男を亭主にもったら、とてもではないが自分に引け目を感じて生きていけないと思う。こんな言い方はとても失礼かもしれないけれど、白洲正子さんが白洲次郎夫人というだけで、私は圧倒されへりくだってしまう。白洲正子さんは、漁師でアル中の父親に泣かされロクに大学も出ていない私の対極にいるような人である。だから、なぜか憧れる。彼女の文章に流れるその「育ちの良き人のみが持ちえるであろう潔さ、清々しさ、美意識」に打ちのめされる。それが私のような育ちの悪い娘にはマゾ的に快感なのである。

亡くなられたことを知った時は、なにかこう心の中の気高い花が散ったような、そんな気分に襲われた。そして先日、たまたま紀伊國屋をぶらぶら歩いていた時にふと手にとったのが『花にもの思う春』であった。私は新古今和歌集はあまり好きではない。好きではないけれどとにかく白洲正子さんが書いているのだから読んでみようと思った。そして、最初のページを開いて胸がどきんとした。そこには白洲さんが「私の好きな万葉集の歌」として、

石《いわ》ばしる垂水《たるみ》の上のさ蕨《わらび》の萌《も》えいづる春になりにけるかも　　志貴皇子《しきのみこ》

をあげていたからだ。そして、この短歌は私がとても好きな歌だったのである。まだ二三歳の頃に、私はある男と恋愛をしたのだが、それはこの歌がきっかけだった。

飲んでいてなぜか万葉集の話になり「どんな歌が好き?」と聞いたところ男は「志貴皇子のね……」と言いかけた。私は思わず「石ばしる!」と歌を詠み、そこで意気投合してつき合いだしたのだ。そうか、白洲正子さんもこの歌が好きだったのね、と私はなんだか妙にうれしくなってしまった。いや、別にこの歌が好きな日本人はたくさんいると思うのだけど、でも、こういうのってなんかこうウキウキしちゃうよね。

読み進めていくと、白洲正子さんはまず「万葉集」と「新古今和歌集」の違いについて彼女らしい言葉使いで説明していく。そして「この志貴皇子の歌のどこがいいのか」という、なんというか驚くほど本質的な疑問を展開させ始めるのである。ここで、私はハタと思った。そういえば、私はなんでこの歌が好きだったのだろう……と。別にかつての男がこの歌を好きだから好きだったわけではない。男と知りあう前から、いや、初めて学校の教科書にこの歌が出ていた時から好きだったのである。そうだ、この歌は学校の教科書教材だった。

今さら言うまでもないけれど、この歌は「石の上に勢いよく清流が流れてて、蕨も萌え出していて、ああ春になったのね」という歌である。ただ、それだけの歌である。考えてみれば面白くもなんともない内容だ。意味がない。まったく意味がない。言葉による風景描写である。そこには宇宙の真理も、深遠なる哲学も、人間の心の不可思議も何もない。それなのに、私はなんでこの歌がこんなに好きなのだろうか。考えたこともなかったのでびっくりした。

びっくりしながらさらに読み進むと、白洲正子さんは「はっきり言ってしまえば、それは《無内容》と言うことが言いたかったのである」と、志貴皇子の歌を無内容と言いきるのである。この大胆さに私はぞくぞくする。

白洲さんは山本健吉氏の『いのちとかたち』（新潮社）の中の文章を引用する。

山本さんの言葉を借りていえば、「『無内容』とはそのまま内容のないことではない。今日近代文学のあり方になじんだ私たちが、ごく普通に『内容』と言って思い浮かべるところの、意味とか、観念とか、意識とか、思想とか、そういうものを主にして考えた場合の『無内容』なので」あって、そういうものを全部取り去った後、うつろになった容器の中におのずから満ちてくる美酒を、沼空は短歌の極地と考えた。それは音楽のように気持ちよく流れるものであり、消え去った後には汲めどもつきぬ泉の豊かさが残る。沼空はそれを短歌の「即興性」とも名づけたが、およそ何がむずかしいといって、こういうことを説明するほどむつかしいことはない。

そうだったのかあ！　と私は目から鱗が落ちる思いでこの文章を読んだ。その後も白洲さんはいくつかの例をとって「無内容」の素晴らしさ、「無内容」の芸術性について述べるのだが、興味のある方はぜひ本書をお読みください。私はもう興奮気味である。確かに、志貴皇子の歌には、読み終わった後になんともえにいわれぬ爽《さわ》やかな、清々しい清涼感があり、それを私は味わっていたのだということに気がついた。この奇妙な読後感。体のなかを春の沢風が吹き抜けていったような心地よさ。そうだよ、これだったんだよ。

そして、同時にあることをふいに思い出したのである。まるで魔法のように。

私がこうして文章を書いてそれを仕事にするに至るのは、中学一年の時に担任だった平石巌先生のおかげである。私は自分で言うのも恥ずかしいのだが、小学校三年の時に「特殊学級に入れましょうか」と親が先生から相談されたほど頭の悪い子供であった。自分で思い返してみても、本当に授業についていけなかった。授業というよりも学校というものについていけなかった。集団行動というのがわからない。私には教室内のルールというのがうまく把握できなかったのだ。

どうも私の知らないところでいろいろなことが決まっていて、いつも取り残される。いつのまにかみんな教室に居ない。いつのまにかみんなが絵を描いている、ご飯を食べている。それなのに私にはその「合図」が皆目わからないのだった。たぶん、いつもぼおっとしていたのだろう。

ま、そんなわけなので、私はかなり強く自分に対してコンプレックスを持っていた。高学年になるに従って、近眼が治るように世の中のことが見え始めてきたのだが、もうすでに自分には「あまり出来のよくない子」というレッテルが貼られているような気がして、なにかにつけて憂鬱だった。だから、中学に行く時は「私の人生の再スタートだ」と思った。中学には私を知る先生はいないわけだから。そんな私の担任になったのは現代国語の教科担当で、しかも県下でも名の知れた作文指導の先生であった。

平石先生は今思うと風変わりな先生だった。授業中もあまり教科書通りにはすすまず、なんだか自分の読んだ本の話ばかりしていたように思う。そして作文をいっぱい書かせる。私が書いた作文は、先生の目にとまり、それから私は先生の指導のもとに来る日も来る日も作文を書き、そしてコンクールでたくさん賞をもらった。私にとっては、世間が認めてくれた最初の能力が「文章を書く」ことだったのである。で、結局はそれを自分の職業に選んだのだ。

ある時、詩の授業があった。

私はもうその頃は自分の文才に目覚めていて、「おし！　詩か、まかせとけ」という、高慢チキさを身につけ始めていた。子供というのはおだてればいくらでも図にのるものなのだ。平石先生は、私の詩を読んで「ふん」という顔をした。それは母親のことをうたった詩で、自分としては非常によく書けているつもりだったのに、私はショックを受けた。先生は私のことを「あんた」と言うのだが、「あんたはね、歌心がわかってない」と言うのである。

歌心？　歌心ってなんだ？　当時一三歳だった私の頭に、でっかいクエスチョンマークがどかんとおっこちて来た。「え〜？　それって何？」とまどった私は照れ隠しに甘えたように先生に言った。すると先生は一言「あんたの書くものはあざとい、いつかそれに気がつくだろう」と言うのである。

がーん、とさらにショックを受けて私は家に帰って来た。まったく言われている意味がわからなかった。私がその意味を理解したのは、なんとつい最近のことである。先生は私の人生にものすごい宿題を出したのである。
翌日、教室に行くと、教壇の上の壁に模造紙に書かれた詩が貼りだされてあった。今でもよく覚えている。その詩はこんな詩だった。

光る鳥

しばやまみちこ

きょう見た陽ざし　とてもきれい
鳥も見た　鳥は光っていた
鳩かな
雀かな
大きいような
小さいような

光に向かって飛ぶ鳥を
わたしはきょう見たのだ

　みちこちゃんは、クラスで最も目だたない三人のうちの一人に入るような女の子だった。私は、自分が文章に関しては先生の最も秘蔵っ子だと自負していたので、他の生徒の詩が貼りだされていることにショックを受け、茫然とその詩を眺めた。どこがいいの、これ？　というのが、私の感想だった。だって、この詩って、なんだか訳わかんないじゃん。まあ、今の私の言葉に直すと「意味がない詩じゃない」ってことである。何も訴えるものがない、何も主張がない。鳥が光っていた、ってだけじゃないか。そう思った。

　もうすでに、私は一三歳にして「意味の世界」に犯されていたのである。意味がないことは価値がないことだと、暗黙のうちに思っていたのかもしれない。なぜなら、学校のすべての勉強が「意味」を追求していたから。それなのに、平石先生はこの詩が良いと思ったのだ。そして自分で模造紙に写して、教壇の上に貼りだしたのである。なぜ？

しかし、私の心は頭とは別に、この詩を感じていた。毎日、毎日、教壇の上にこの詩がある。読んでいると、なにかこうくらくらするような目眩を感じるのだ。鳥が光を反射しながら、きらりきらりと空を飛んでいる。それを見上げている自分。揺らぐ足下、奇妙な遠近感。そんなものを、言葉から感じ取る。感じてしまう。理屈ではなく。だから、二〇年以上経った今も、私はこの詩を暗記しているのである。

昨年、私は屋久島の自然と人間について書いたエッセイ集を出した。それを執筆している時にいつも感じたのは、書けば書くほど「屋久島」という自然から遠ざかっていくもどかしさだった。自然について書こうとすると、文章から意味がはぎとられていく。しかしそれではなにかこう心に訴える感動のようなものがない気がして、私はとにかく自然の中に意味を意味を意味を探し続けた。精神的な意味、科学的な意味、神話的な意味。

でも、その作業を続けながら、なにかが違うと思っている自分がいる。私が知っている屋久島の森は、私の提示する意味などで表わされるものではないことを感じながらも、私は意味から逃れることができなかった。そしてなぜか、突然に、白洲正子さんの言葉によって、すべてが繋がったと思った。とてもすばらしい読書体験だった。

こんなことがあるから本を読むことをやめられないのだ。志貴皇子の歌、平石巌先生の宿題、あざとさの中で描けなかった屋久島の自然。繋がった。

なにもない、ただ、読んだ後に残る清々しい心地よさ。

そのような言葉のもつ即興性の世界に、私は入っていけるのだろうか。入って行きたいと思う。その時私は初めて、あの屋久島の太古の森を描くことができるかもしれない。

死ぬまでに、私は意味から逃れることが、できるだろうか。この意味の世界の中で。

学級崩壊のあっち側

一九九九年春、『賢治の学校』の鳥山敏子さんが中心になって「学級崩壊って何だろう」というテーマで二泊三日の合宿が行われた。テレビ局が企画して合宿の様子はテレビで放映された。実際の家族が多数参加していて生々しい映像だった。合宿の中で、親や教師が生徒になって、学級崩壊のクラスを演じていく。自らが演じることによって、授業を妨害する子供の気持ちがわずかではあるが追体験可能になるのだ。参加者それぞれが「学級崩壊」のクラスの生徒たちの役割を演じる。苛められたり、苛めたりする子供の役も、演じることによってかなり追体験が可能になる。これはサイコドラマという心理療法の手法だ。

学級崩壊の原因を探っていくうちに、それがある家庭の家族崩壊の問題へと繋がっていってしまう。家ではとてもイイ子だった男の子が、実は学級崩壊の中で最も授業を阻害するグループの一人であることが発覚するのだ。なぜこの男の子は、家ではイイ子を演じて、学校では荒れるのか。その原因を突きつめていくうちに家庭内における男の子の役割、母親や父親の役割がクローズアップされていく。実は夫婦の信頼関係が崩れていて、母親はその不安から、子供を支配してきたこと、子供たちはそれぞれに悩み、苦しんでいたこと、特に母親の支配の強かった息子が精神的な危機にあったこと。家族の内面の問題が漏れ出していく。ついに家族崩壊に直面した家族が、本当にお互いの気持ちを表現しあい、家族の再生に向けて抱きあう姿は感動的だった。

学級崩壊のあっち側にあったのは家族崩壊だった。そして家族崩壊のあっち側にあったのは夫婦崩壊だった。夫婦崩壊のあっち側にあったのはお父さんをとりまく社会崩壊で、こうなるとメビウスの輪みたいにひっくり返って元に戻ってしまう。あらゆることがリンクしている。何が原因で何が結果なのか、やっぱりよくわからない。あらゆることは繋がっている。原因や結果だけを探るのではなく、すべては繋がっている、と認識するところから始めるしかないのかもしれない。

リンクした事柄をはずす方法、それは案外簡単だと思った。決断すればいい。このリンクでは生きないと。そして選び直せばいい、別のリンクを作るように。お互いを理解しあうリンク、認めあうリンク、苦しくないリンク、それを選択し直せばいい。

そのように、気づいた瞬間から行動を起こせばいい。番組の家族はそれを体現したのだ。

ある瞬間から、お父さんも、お母さんも、別の状況を生きるために行動を変えた。それが子供に伝わり、子供たちも違う言葉を選択し、違う言葉を選択するという行動によってリンク先がどんどん変わっていった。それを可能にしたのは、彼らのことを見守っていた他の人々の見えない助け、心の力。このような「背後に働く他者の力」が日本から薄れて来ている。人から与えられる背後の力も、そして自然から与えられる背後の力も、弱くなってきているように思う。そのような「自分以外の力」に支えられて、人はリンク先をチェンジしていくのに……。

ところで、私は子供の頃の記憶をよく保存している大人である。なぜかというと、幼稚園の頃に「私は子供のときのことをちゃんと覚えている大人になろう」と意識的に決意したからだ。すでに幼稚園の頃から、なにかあると「この時の気持ちは覚えていよう」と、何度も何度も反芻《はんすう》して忘れないように自分に言い聞かせていた。

私には大人が子供の心をちっとも理解していないように思えた。なぜだろうと思った。みんなかつては子供だったはずなのに。どうして子供の心がわからない無神経な大人になってしまったんだろう。きっと子供の心を忘れてしまうんだ。そう結論した。私は子供の心を忘れるのが嫌だった。覚えていたかった。この痛み、この辛さ、それがわかる大人になりたかった。だから、忘れない、という悲壮な決意をしたのだ。

子供心に、私は物事を忘れないためにはどうしたらよいのか知っていた。忘れたくないことは繰り返し思い出せばいいのだと。なぜ、そう思ったのかわからない。とにかく時々思い出せばいいのだと知っていた。だから、ひどく理不尽な目にあったときは、このことを明日、もう一度思い出すんだぞ、と思った。子供というのは瞬間を生きている。だから、たいがいのことは押し流して生きている。嬉しいことも、嫌なことも、悲しいことも、辛いことも、その瞬間に体験し、そして忘れていく。だから小さな子供たちは悩みがないように見える。喧嘩しても次の日にはまた遊んでいるし、怒られても自分の欲望に忠実に同じ悪さを繰り返す。すべてを忘れて瞬間を生きている存在、それが子供だ。記憶回路がうまく繋がっていないのかもしれない。ひどく断片的に生きていた。

私はその記憶の回路を時々繋げていたのだ。意識的に。そうすれば、生々しく記憶を再生できることを直観的に知っていた。だから、私はいまだにそのようにして記憶した五歳から七歳くらいまでの記憶を持っている。なぜか七歳を過ぎてからこの行為をやめてしまったが、この記憶を反芻しながら留《とど》める術は、大人になって文章を書くようになってからとても役に立った。記憶するためには経験したことを頻繁に思い出せばいい。しゃべったり書いたりしておけばいいのだ。

私が意識的に記憶した事柄のひとつに、中村先生のことがある。小学校一年生の時に担任だった中村先生は、たぶん更年期障害だったのではないかと今になって思うのだが、実に不安定でイライラした精神状態の先生だった。肩凝りがひどいらしく、いつも肩をさすってはくるくると回していたし、顔にチックが出ていて、左まぶたの上のあたりがぴくぴく痙攣《けいれん》するのだ。丸い顔で眉毛の太い小太りの先生だった。いつも突拍子もないきっかけで怒りを炸裂《さくれつ》させると、授業を中止して子供たちを廊下に正座させた。なぜ、寒い廊下に自分が正座しなければならないのか、なぜ暖かいストーブの燃える教室に入れないのか、子供心にあまりに理不尽で、私はこの人をさっぱり理解できなかったのを記憶している。

それでも、この理不尽さを言葉に表現する方法を私は持っていなかった。言語にすることができない。その「できない」という感じを忘れまいと思ったので、よく覚えている。「いやだ」という気持ちがある。でもそれが言葉に結びつかない。意志はあるのだけれど、行動に結びつかない。その不思議なもどかしさ。子供の頃、私はいつもそういう言葉にならないもどかしさのなかに生きていた。

子供はわかっている。先生のイライラも、母親のイライラも、自分をうまく生きられない大人たちのいかんともしがたいような鬱憤を、なんとなく全部わかっている。そして支配されている。そう思う。少なくとも私はそうだった。中村先生はほんの少しでも、子供たちが自分の望む通りの行動をしないとヒステリーを起こした。自分の思った通りにしたいのだということがとてもよくわかった。だが、そのために子供はロボットにならなければならない。だから子供たちは黙って正座させられていた。気持ちが言葉と結びつかないのは、それが結びついて現実化されることの可能性を断念させられていたからのように思う。

「どうして言わなかったの？」と大人はよく言ったけど、大人は暗黙のうちに子供に断念させているのだ。子供の気持ちはいつも現実化されない。言葉になる前に、大人の暗黙のプレッシャーが子供の心を緊張させて、気持ちは言葉に結実しない。

中村先生をちっとも好きではなかったけれど、学校に行くのが嫌いではなかった。子供の頃は、ちょっと嫌なことがあっても、楽しいことがあるとすぐ帳消しにできたのだ。体験を上書きするように更新していく力が子供にはある。楽しいことが続けば、嫌なことは下層へ追いやられてしまう。辛いことがあっても、別の場面では違う自分になれる。まるで多重人格みたいにその場その場の自分を生きている。それが小学生の頃の自分だった。

だから大人は錯覚する。子供は悲しみを深く感じないと。小学生はお気楽に生きているから問題はないと。実は小学生の時に辛い経験を繰り返していると、子供は思春期になって人格統合ができずパニックを起こすのだ。だけど大人はそのことに気がつかない。中学が荒れる根は小学時代にあるのだ。すべての崩壊はリンクしている。

私の子供の頃は家の周りは自然だらけだった。どこまでも続く蓮華《れんげ》草《そう》の赤いじゅうたんや、たんぽぽの黄色いじゅうたん。今でも目に鮮やかに浮かんでくる。あんな光景をもう何年も見ていない。ただひたすらに続く蓮華畑。五月雨《さみだれ》にけぶる社、朽ちかけた丸太橋、若草の萌える匂い。青柳、孔雀草《くじゃくそう》、木々を渡る南風。夕暮れ近くなるまで近所の田んぼで遊んでいた。小さな小川にはザリガニやおたまじゃくしがいた。そういえばよく一人だった。一人だけれど誰かとずっと話をしていたような気がする。空想の世界を漂っていたのかもしれない。私は勉強もできなかったし、今で言う学習障害児のような子供だったのだけれど、でも、なにかにいつも癒されていた。この風景を覚えておこうと思った、大人になった自分のために。忘れないようにしようと思った。晩秋の日の田んぼの藁《わら》の上に座って、夕焼けを見ながらそう思った。

世界を包み込む暖かな黄昏《たそがれ》、響いてくるお寺の鐘の音。そのようなものが、毎日、子供だった私の気持ちをどこかにうまく着地させていた。子供の頃、いつもしみじみと日暮れを迎えていた。一日の終わりだよ、と夕闇が心をくるみこんでくれる。夜の深い深い闇。そうして朝になると、また世界から新しく生み出されていた。夜が明けると、気持ちがリセットされるのだ。

学校の外に、家庭の外に、社会の外に、なにもかも圧倒する、ものすごい大きな美しい自然があった。その自然が私の心を包み込んでいたのだと思う。空、太陽、月、雲、星、虹……。万華鏡のような空のスクリーン。

崩壊というリンクを生きているすべての人に、あの空や森や海をあげたいと思う。

すべての生き物の背後に自然は存在し力を与える。子供だった私はそれを暗黙のうちに知ったのだ。そしてインプットした。忘れないようにハードディスクに。驚くべきことに、このアプリケーションは今も動き続けている。

不幸のメール

不幸の手紙、というのはいつの時代にも存在するらしい。

ある日、私の元にインターネットメールで「不幸のメール」が転送されてきた。私はインターネット上でエッセイを書いて発表しており、月に千通近く読者からのメールを受け取る。読者メール用のアドレスをネット上で公開しているので、たまに毛色の変わったメールが届くのだ。

この「不幸のメール」は最近、流行しているらしく、別の読者二名からも同じ内容のメールが届いた。どうやら転送に転送を重ねて、この「不幸のメール」はインターネット上で増殖しているらしい。まるで鈴木光司さんの書いた『リング』という小説に登場するビデオのように。

拝啓、私は東京都に住む二五歳の社会人（男）です。毎回田口さんのコラムを興味深く読ませて頂いております。さて、今回田口さんあてにいきなりこのような長大(に近い)メールを送ってしまったんですが、これは私の友人から回ってきたいわゆる不幸のメールというものをそのまま転送してしまったのです。情報産業がどれだけ発達してもこのような類のものは決して絶滅はしないようで、私のような小心者が半ば本気にしてあっちゃこっちゃに転送しようとする限りはつづくのでありましょうか? ただ、田口さんに今回このような迷惑なメールを送ってしまったのは、こういったこと(メールの趣旨自体、および、本編の物語——その真偽については決して定かではありませんが……)がまだ存在するということをお伝えしたく、そちらの迷惑を顧みず行動してしまった次第であります。非常に幅広い人脈に長けている貴方のことなので、このような情報に関してはとっくにうんざりするほど認知させられているのかも知れません。そのようでしたらまったく無駄になってしまいますが、どうぞお許し下さい。

敬具

件名:転送:怖い話

この内容が事実である可能性が高いので、皆さんにお知らせします。

私の知り合いのA君が、友達であるB君から受けた相談内容です。

B君はこの前、中国の一人旅から帰ってきたばかりです。

以下にB君の話をまとめました…………

B君は国内外問わずによく一人旅をする、いわゆるベテランでした。

この秋は中国に行っていました。

山々の集落を転々と歩き、中国四〜五千年の歴史を満喫していたそうです。

ある集落に行く途中の山道で『達者』と書いてある店がありました。

人通りも少ない薄暗い山道で店があるのは今思えば不思議なことですが、そのときは『達者』という看板だけに何かの道場かなと軽い気持ちでその店に入ったそうです。

実は、B君も後で分かった事なんですが、『達者』と書いて『ダルマ』と読むそうです。

*********（注）*********

さて、ここで『ダルマ』というものを説明しよう。

現在、おもちゃの『おきあがりこぼし』や選挙の時などに目を入れる『達磨（だるま）』は日本でも有名です。

しかし、これの原形となった『達者（だるま）』は結構知らない人が多いのです。

B君もその一人だったのですが。

『達者（だるま）』というのは、約七〇年前の清朝の時代の拷問、処刑方法の一つで、人間の両手両足を切断し、頭と胴体だけの状態にしたものである。

映画や本で『西太后』というのがあるが、この中でも『達者』は登場している。

ここでは、素晴しく美しい女中に西太后が嫉妬しその女中を達者にし、塩水の入った壺に漬け込みすぐに死なないように、食べ物だけは与えたという。

また、しっかりと化膿止めや止血を行えば、いも虫状態のまま何年も生き存《なが》らえるという。

ただし、食事は誰かが与えてやらねばならないが。

最近では、さすがの私でもウソやろというような噂まで飛び交っている。

例えば、超S（サディスティック）な奴で、達者でないとSEXできないという性癖をもつ奴（男女問わず）がいるらしい。

また、そいつらは、達者屋で随時新しい達者を購入するらしい、等など。

しかし、もし本当ならば、その達者になる奴は何者なのであろうか。

中国マフィアが貧民から奴隷として連れてきた奴や、そのマフィアに処刑されたものなのだろうか？

まぁ、何にせよ『だるまさんが転んだ』というような遊びは、昔、本物の達者の子供を使って遊んでいたとすると何とも残酷な話である。

＊＊＊＊＊＊＊＊＊＊＊＊＊＊＊＊＊＊＊＊＊＊

（本論に戻る）

さて、その店の中は薄暗く、数人の中国人がいたそうです。

奥のほうに人形が並んでおり、品定めをしようとよく見ると目や口が動くのです。

そうです。達者だったのです。B君はもちろん達者など知りません。

いや知っていても本当にそれを目の前にすると恐れおののくでしょう。

B君はまわりの中国人が近づいてくる気配がしたのですぐさまその店を出ようとしました。

そのときです。

後ろの達者の一つが喋《しゃべ》ったのです。しかも、日本語で。

『おまえ、日本人だろ。俺の話を聞いてくれ！　俺は立教大学三回生の○○だ。助けてくれ！』

しかし、B君は何も聞いてない、また、日本語も分からないかのように無視してその店を出ました。

その後すぐB君は帰国し、立教大学の○○について調べてみたそうです。

すると、確かに今年立教大学の学生が中国に一人旅に行き、
行方不明になっているそうです。
両親も捜索願いをだしているとか。
B君はこのことをどう対処したらよいか悩んでいるそうです。
変に動いて自分も達者にされるかも、とか、何故そのとき○○の話を聞いて
やらなかったか責められるかも、とか。
とにかく早く忘れたいからこれ以上は聞かんといてくれとのこと。
(中略)
以上でした。どう?
こわかったら、よまないでね。

DXが使えるあなたのピッチには、たまに不幸のメールが届くはずですが、
そんなものは所詮《しょせん》ヒマな人が作りあげた、恨みも憎しみも込められていない、
ただのメールです。
そしてあなたは、このメールも同じ類のものだとバカにして、
私の教える通りにしないかもしれません。

ですが一つだけ心にとめておいて下さい。

このメールを作った私自身は、平成一〇年二月十九日に自殺しました。
だって恨みも憎しみもこもってないメールなんておもしろくないでしょ？
憎しみをこめるために自殺までしたんだから、もしあなたが止めたら
私、あなたにいたずらするよ。

このメールを無視した人が今までに十六人亡くなっています。

ですがこの十六人は全員事故で亡くなったので
誰もこのメールのせいだとは気付きません。

このメールは平成一〇年の二月十九日から回っています。
そしてあなたが止めない限り回り続けるでしょう。
あなたに不幸が訪れるかもしれないけど誰かに恨みをなすりつけて下さい。

私に会いたい人は、山口県の吉母の海で夜泳いでみて下さい。
海の底で待ってるから。
このメールを五日以内に六人に送って下さい。
そしたら私、あなたに何もイタズラしないから。

このメールを最後まで読んだら絶対に死んじゃうよ。
私の憎しみは軽くないから。
∞∞∞∞∞∞∞∞∞∞∞∞∞∞∞∞∞∞∞∞

この「不幸のメール」は、作者の死後に送られたものである、という想定になっている。が、すでにこのメールを無視した人が一六人も死んだと書いてある。ということはこのメールは霊界からのメールなのだろうか。死んでいるのに「無視した人の人数」を把握しているというのはすごい。そんなことができるのなら、転送なんかさせずに、世界中の人間に一気に同じものを送ってしまったら早いのになあ、などとへ理屈をこねてもしょうがない。

文面に整合性が欠けるし、これは単なるイタズラメールであるのだろう。

だけれども、イタズラであるにしても、私は最初にこの文面を読んだ時に、

＞このメールを最後まで読んだら絶対に死んじゃうよ。

＞私の憎しみは軽くないから。

という二行に、やはり背筋がぞくっとしたのである。なぜなら私は自分に向かって「あなたを殺すよ」と言われたことが、生まれてから一度もないからだ。「死んじゃうよ」と言われるのはやっぱりショックだ。言われてみて初めてわかったが、ギクリとする。言葉は刀だ。ちゃんと心を斬るのだ。

さて、まず私が気になるのはこの「不幸のメール」の作者ではなく、このメールを受け取って私に転送して来た送り主のことである。もし、私なら、自分が大切にしている好きな相手には絶対に送らない。さして縁のない、こういう怖い話が好きそうだ

な、という相手に「こんなのが来たんだよ〜おもしろいよ」と冗談めかして送ると思う。現にこの人も、私の文章の読者であり、「田口さんならこういうメールに興味があるだろう」という弁解のもとに「迷惑を承知で」送って来ているのである。だが、彼が私以外に送った彼の友人はさぞかしショックだったのではないだろうか。

……と思っていたら、このメールを受け取った二日後に「謝罪のメール」が届いた。なんでも、この送り主の男性は軽い気持ちで「不幸のメール」を友人に転送したのだが、その友人たちから「不快」を表明する怒りのメールが戻って来たと言うのである。自分の行為が相手を不愉快にさせたことを思い知った送り主は、私にも「ごめんなさい」の謝罪文を送って来たのだった。

きっとこの自称二五歳社会人男性は、いい友達に恵まれているのだと思った。他者を通して自分の行為のフィードバックがちゃんと行われるのはいいことだ。羨《うらや》ましいとすら思う。「不快」を「不快」と表明できる友人関係は意外と少ないではないか。

不幸のメールは「誰かが私を不幸のメールを送る相手として選んだ」ということに驚愕する。それがとても悲しい、そんな性質を持っていないだろうか。誰かが、もしかしたら私が死ぬことになるかもしれないメールを自分の保身のために送りつけてきたのであり、それによって受け取った方はちょっとずつ傷つく。

不幸のメールはその内容が恐ろしいのではなく、自分が選ばれて送られてしまったことが恐ろしいのだと思う。

案外、世の中には「不幸のメール」のたまり場みたいな人がいて、何度も何度も別の相手からこのメールを受け取っていたりするのかもしれない。それは嫌だろうなあ。想像するだけで悲しい。実際、私も三人の人間から同じメールを受け取っている。私の場合は名前の露出度が高いのでしょうがないか、と自分を納得させたが、そうでなければかなりショックだったと思う。私はこう見えても気が小さいのだ。

この作者は、

＞このメールは平成一〇年の二月十九日から回っています。
＞そしてあなたが止めない限り回り続けるでしょう。
＞あなたに不幸が訪れるかもしれないけど誰かに恨みをなすりつけて下さい。

と書いている。これは暗に「あなたは自分のために他人に不幸をなすりつける奴なんだよ」という挑発であり侮蔑だ。これだけ人間性を侮辱しても、それでもこのメールが回り続けることが、この作者は楽しいのだろう。「人間なんてバカで愚かで自分が一番大事なんだ」と思っているのかもしれない。

そういえば、メール中の「ダルマ」の話でも、ダルマになった立教大生を発見者は助けようとしていない。メールの文章全体から漂うのは「みんな自分が大事、人のことなんかどうでもいいんでしょ」という、なんとなくグサリとくるメッセージなのだ。

「不幸のメール」は不愉快なイタズラである。それでも、私はこの手の悪質なイタズラを、好きとは言わないけれども面白いなと思う。私に「死んじゃうよ」と言う人はめったにいないし、ましてや「あんたなんか自分のためなら人はどうでもいいんでしょ」と突きつけてくる人もいない。そういうことを、大人になって問われることがなくなった。たかだかメールだけど「自分と他人とどっちが大事？」という奇妙な選択を理不尽に突きつけてくるのだ。

まだ子供だった頃、小学生時代に理不尽がたくさんあった。思春期以前、人は神話的で理不尽な世界に住んでいる。喧嘩をすれば「死ね」と言われた。「裏切り者」や

「絶交」という、大人がめったに使わないボキャブラリーを日常的に使っていた。自分の欲望を世界のなかで相対化できず「こんなことを考えたら地球が滅ぶのじゃないか」と不安に思った。自我が曖昧で自分の考えが他者に漏れていないかと心配した。子供と大人は違う位相の世界に生きている。子供たちの使う言葉は大人よりもずっと「死」を孕《はら》んでいる。子供はなぜか大人よりも「死」に近い。

不幸のメールは、そういう子供時代に生きていた世界をふと垣間見させてくれる。暗い教室で怖い話をしてみんなで震えあがった、あの記憶が蘇ってくる。

現実世界に生と死があるように、インターネットの世界にも「生」と「死」、エロスとタナトスが存在する。それは善悪の問題ではなくて人間の心の反映だ。ネット犯罪がさかんに取り沙汰されて、インターネットの闇の部分をマスコミが批判したりする。でも、インターネットがヴァーチャルなひとつの世界であるなら、そこには現実の世界と同じように生と死、光と闇が存在する。良い悪いではなく世界とはそうしたものなのだ。恐怖や神話や死を含まない世界には生き生きとした生命力もない。

不幸のメールを弁護するわけでは決してないけれど、このメールがもっている「死」の匂いのようなものもまた、人間の心を活性化させる「異物」なのだと思える。

ところで、このメールの作者は今ごろどうしているだろう。不幸のメールの作者自身が「不幸のメール」から受ける影響について論じられたことはあまりない。でも、たぶん、最も強く「不幸のメール」の影響を受けてしまうのは、実は作者であると思う。言葉は伝播《でんぱ》されながら現実味を帯びていく。ましてや言葉による呪術はそれを行う本人が最も強い呪縛《じゅばく》を受ける。

音楽家であり神道研究家の宮下富実夫さんに教えられたことがある。言葉は波動であり、自らが発した言葉のエネルギーは必ず自らに戻ってくるものだと。そうだとすれば、この作者は命がけでインターネットという世界に「死」という違和を投げ込んだことになる。

私の詩集を買ってください

新宿駅東口地下改札に駆けこんだ時はもう遅かった。

最終を逃した。

まただ。なんでぎりぎりまで飲んでしまうんだろう。馬鹿だ。馬鹿だ。大馬鹿だ。

きっと私の心のどこかには「家に帰りたくない、さまよっていたい」っていう妙な衝動があって、それが私の腰を重くさせるのだ。そうなのだ。私は電車に遅れようとしているのだ、それは私の影の意志なのに違いない。

どうしようかなと呆然と歩いていると、地下通路に一人の女性が首から看板を下げて立っている。

「私の詩集を買ってください」

彼女はおかっぱで、色のあせたクリーム色のセーターを着て、ひざのとび出たコーデュロイのズボンをはいていた。そして首から「私の詩集を買ってください」というボール紙に書いた看板をぶらさげていた。

私は彼女を見ながらその前を通り過ぎようとした。

青白い顔色、はれぼったい一重まぶた、薄い唇、逆三角形の顔、とがった細い顎。この人、まだいたんだ……と思った。何年も前に、私は彼女を見たことがあった。あれはいつだったろう……。私が高校生の時だから……。そう思ってから、私はそれが二〇年前だったことにふと気がついた。

うそ！　二〇年前と、あの人変わってない。

私はあわてて引き返して、もう一度彼女の前に立った。彼女は直立不動で立っていた。そして、駆け戻って来た私の方にぼんやりと視線を向けた。

「あの、あの、あの、私ね、あなたのこと二〇年前にここでよく見かけたんですけど」

彼女は黙って私を見ている。表情というものがない。

「あなたって、二〇年前と同じ人なんですか？」

私がそう言うと、彼女はちょっとだけ笑った……ような気がした。

しばし、私たちは向き合って見つめあった。彼女が視線をずらさないので、私もどうしていいかわからず、ただ黙って彼女のことを見ていた。とほうもなく長い時間が過ぎたような気がした。

「違います」

聞き取れるかどうかという小さな声で、彼女はそう言った。

「え？」

私は思わず聞き返した。

「私で三代目です」

肩の力が抜けた。

「やっぱり、違う人だったのか。そーだよねえ、二〇年前から年とってないみたいなんだもん、なんだかびっくりしちゃった。そうか、三代目なんですか、すごいですね」

私は少し興奮して呟いた。まだ酔っているのだ。

「詩は同じものです」

「へー、じゃあ、もともとの一代目の『私の詩集を買ってください』の人はどうしちゃったんですか?」

「知りません。亡くなったのかもしれません」

「じゃあ、あなたはなんでこの詩集を売っているんですか?」

するとと彼女はちょっと困ったような顔をした。

「よくわかりません」

「はあ?」

「自分でもよくわからないんです。二代目の人が、ある日いなくなった。夜でした。この場所にこの『私の詩集を買ってください』という看板と、それから詩集が何冊か置き去りにされてあった。私は、たまたま通りかかったんです。いえ、いつも気になってはいたのだけれど、でもその日にここを通ったのは偶然でした。仕事の遅番で、本当にたまたま通ったら、なぜか二代目の人がいなかったんです」

「あの、その人が二代目だってことは、なぜ知ってたんですか?」

「本人から聞きました。以前に彼女から詩を買ったんです。興味がありました。なぜここで詩集を売っているのか、なにか気になったのです。まるで全然売る気がないように売っている。なぜ、詩を売っているのかと聞いてみたい気がしたんです。まるで、今日のあなたみたいに。そしたら、彼女は、わからないって答えました」

「自分のことなのに？」

「はい。自分でもよくわからないのだと言いました。昔、ここでこうして『私の詩集を買ってください』という女の人がいて、そしてある時いなくなったのだ、と。自分はその人から詩を買ったことがあり、なぜか彼女のことが気になってしょうがなかったと言いました。そして、彼女が新宿から消えてしばらくしてから、自分が彼女の代わりに詩を売ってみようと思ったのだそうです。で、自分で詩集を作り、それを彼女と同じように売り始めて、そうして二代目になったのだそうです」

奇妙な話である。

「ふーん。その二代目さんは、よっぽどその詩に感動したんだねえ」

「いえ、詩はちっともよくありません。二代目もそう言っていましたし、あたしもそう思います」

「じゃあ、なんで？　なんであんたたち詩を売ってるの？」

「だから、わからないんです。でも、こうして立っていると、なんだかとても落ち着くんです。この『私の詩集を買ってください』のボール紙を首にかけて、こうしてただ立っていると、自分のやるべきことがとてつもなくはっきりしていて、なんだかここに存在している、生きているって思えるんです」

彼女は初めて少し熱っぽく語った。そういう時、ぺちゃんこの鼻の穴がぷくっと広がるのだ。

「よくわからないなあ」

「自分にすら、よくわからないんですから」

「つまり、こうして立っていることが、快感なわけ？」

よく見ると彼女の目の下には泣きボクロがあった。

「ちょっと違うんです。私の詩を買ってください、という目的のもとにこうして雑踏のなかに立っていることが、なんともいえない気分なのです。適度にちっぽけで、適度に無記名で、適度に主張していて、そしてこのすべての世界とつながっていると思える。不思議な感覚です」

そう言って、三代目の『私の詩集を買ってください』の女性は、相変わらず直立不動で表情も変えずにしゃべった。抑揚のないその声は、なんだかこの世のものではないみたいだった。

「動かないパントマイムという街頭芸がありますよね、あれに似ているかもしれない。こうしていることは、とても受け身なのに、でも強烈な主張なのです」

すでに駅構内の人影はまばらになっている。冷気が足下から這い上がって来た。

「なぜ、自己主張したいのに、他人になりかわるの？」

「だって、私には主張したいことなんてないんです。だからずっと自分がなんなのかわからなかった。でも、こうしているとよくわかります。これが私です」

彼女は私の相手に疲れたらしい。語尾も投げやりだった。

「他人のふりなのに、あなたなの？」

「うまく言えません。私にはもともと私なんてなかったように思います。私がないので一番私らしいやりかたで人の真似をしたのかもしれません」

「あーもう、こんがらがる、ますますわかんないや」

私は地団駄を踏んだ。彼女にからむのが面白かったのだ。やっぱり酔っている。

「あなたは、なぜ、私を気にするのですか？」

初めて彼女が私に質問してきた。

「だって、変だよ、やっぱり、おかしいよこんなのって」

すると彼女がちょっと意地悪そうに言ったのだ。

「本当は、あなたもここにこうして立ってみたいんじゃないですか？　誰でもない自分になって、この雑踏のなかでこうして立ってみたいんじゃないですか？」

正直に言う。

私は立ってみたかった。

いったいこの場所に立って、『私の詩集を買ってください』のボール紙を首から下げたら、世界がどんなふうに見えるのか、私は見てみたかった。もしかしたら、その場所はまるでブラックホールみたいにさまざまなしがらみを全部吸い込んで、そして私の世界を一八〇度変えてしまうような気もした。いや、場所というよりもその行為というべきかもしれない。

「私は……、やめておく」

心とは裏腹に私は遠慮していた。

「そのほうがいいですよ」

勝ち誇ったように彼女がうなずいた。

「詩集、買うよ。一冊ちょうだい」

私は二〇年の歳月を経て、はじめてその詩集を手にとった。

「お金、いいです」

渡そうとした五〇〇円を三代目は受け取らない。

「いいよ、払うよ悪いから」

「いりません、あなたにはサービスです」

そう言われてちょっと嬉しくなって私は五〇〇円玉をポケットに引っ込めた。

「ねえ、三代目は、いつまでここで詩集を売るの？」

「わかりません。気が向いた時に来て立っているだけだから。こうして週に何度かここに立っているだけで、なんだか元気になるんですよ、私。ふふふふふ。昔は死にたくてしょうがなかったのに。ふふふふふ」

この時、初めて三代目が笑うのを見た。

私はなんだか狐につままれたような妙な気分のままその場を立ち去り、そして二丁目のオカマバーに入って酒を頼み、買った詩集を取り出した。わらばんしを綴《と》じただけの、みすぼらしい詩集。タイトルは「私の詩集」だった。そのものズバリじゃねーか。最初の一ページを開いた。

なにも書いてなかった。

二ページ目も、三ページ目も、四ページ目も、最後のページも何も書いてなかった。

なんだよこれ。

私はもう一度、ひっくり返して表紙を見た。

「私の詩集」

ワタシノシシュウ?

そういや、私ってどこの誰だ……、もしかして私か?

一人で大笑いしたらカウンターのテルちゃんに気味悪そうに横目で睨まれた。

あとがき

こんにちは、近藤君、久しぶりだね。

一昨日あなたからもらったメールが「家庭内殺人について」だったので、ちょっと面食らっています。確かに、最近とても多いように感じる。幼児虐待も、そして家庭内殺人も。

自分の子供に殺されるか？　自分の子供を殺すか？

ランディさんならどちらを選びますか？

あなたはメールにこんな質問を書いてきたけれど、正直なところ私にはどう答えていいかわからない。こんなせっぱつまった問題に簡単に答えを出せる人がいるんだろうか。

私の家族関係はある時期、非常にのっぴきならないものだった。兄がまさに精神的に追いつめられた状態にいて、彼は親を殺すことを真剣に考えてた。凄まじいまでの怒りだった。彼の背後には真っ青な炎が燃えているみたいだった。兄は自分の怒りを自己増殖させて生きながら燃えていた。そして燃え尽きて死んだのだ。兄の怒りは親たちの精神をも追いつめていた。お互いがお互いを追いつめている。悲しい出来事だが、怒りとはそうしたものらしい。

ある晩、私の父は、兄の暗黙の殺意に耐えられなくなって自我が崩壊した。家庭の中の緊張関係が頂点に達したのだ。父は、いきなり兄に殴りかかった。

警察沙汰になって、私のところにも警察から電話がかかってきた。慌てて家に飛んで帰ると、兄は布団にもぐってガタガタ震えていた。あたりにまだ血の跡が生々しかった。父親は自分の暴挙に愕然として、自己嫌悪のために石みたいに固まってた。

それからも二人の緊張関係はずっと続いたんだけどね。でも、そういうのはね、べつにドラマチックでもなんでもないんだ。いやになるほど日常的な茶飯事の延長線上にいつも狂気はある。

だから私は近藤君の、ちょっと正義感を帯びた熱い問いに、ちっともリアリティを感じないのだ。実はリアルライフはあんまり因果関係やトラウマに左右されてない。もっとなんかこう、調律の狂ったピアノの単調な繰り返しのボレロだ。日常ってのはさ、何もかもを飲み込んで流れていく。殺しあっても、死なずに生きていれば腹がへって飯を食うし排便もする。生きている限り、人は食べて排泄して寝る。家族とはそれを共同で行う奇妙な集団だ。

同じ家に住んでいれば、ときどきふいに和やかになったりする。変なもんだ。どんなに憎しみがあっても、いっしょに生きてきた歴史があって、どんな気違い沙汰もどっかでいやおうもなく日常だったりする。だから親を畳の下に埋めてその上で生活できるし、胎児の死体を冷蔵庫に保管して、毎日食事をしたりできるんだ。

ある晩、私と父親は、二人で酒を飲んでいた。父は酔っ払って昔話を始めた。そういう時、兄は壁に耳を押し当ててじっとこちらの話を盗み聞きしているんだ。そういうふうに自分の憎悪の装置をいつもアイドリング状態にしておくわけさ。

「お前らが子供の頃、いっしょに釣りに行ったなあ」

と父が言う。

「お兄ちゃんがお前を背負って、河原の道を三人で帰ってきたなあ」

父は自分に都合のいい美化された思い出しか覚えていない。自分がどれほど家族を脅《おびや》かしてきたかは忘れたようだ。

「いつもの店でアイスクリーム買ったなあ、なんてったっけ、あの店は……吉田酒店……」

父がそう言うと、いきなり隣の部屋から兄が怒鳴った。

「あそこは、小山酒店だ、バカ」

私は思わず吹き出しそうになったよ。前の晩に殺し合うような大喧嘩をして、警察沙汰になって、そして翌晩はこんな会話が成り立つ。それが人間で、それが日常なんだなあ。悲しくておかしいよ。日常はそういうことの繰り返しだ。人間はそんな凄まじい日常のリアルのなかで考えて、生きていかなくちゃならない。

殺すか殺されるかの間にサンドウィッチのキュウリやハムみたいに、愛だの、思いやりだの、喜びだのが混じってる。それが現実なんだ。悲惨なだけじゃない。現実はいつもどっかユーモラスだったり、愛のかけらがあったり、くだらなかったり、神聖だったりする。だから人は生きていくとも言えるし、だから人は死ぬとも言える。

現実には力がある。実は現実の方が本に書かれた世界よりずっと柔軟性があるんだ。本を読みすぎると現実の柔軟性を失う。考えすぎる者はいつも考えすぎて現実の柔軟性を失う危機に立っている。現実はね、ぐにょぐにょ形を変える七変化だ。ひょんなことから、何かが変わることもあれば、そうでない場合もある。

世界は柔軟だ。私はいつもそう思って世の中の事件を見ようと思ってる。答えはひとつじゃない。現実は七味唐辛子だ。いろんな味が混じって辛い。ぼんやりと捉えるしかない。言葉にしたところから嘘になる。

もし、あなたの子供があなたを憎み、あなたを殺そうとしたらどうしますか？

子供に殺されますか？　子供を殺しますか？

その時あなたはどう行動しますか？

ふん、そんなことは、なってみないとわからない。今日憎みあっても明日は笑っているかもしれない。それが現実の凄さだ。一〇秒後には相手を許すかもしれない。それが人間の凄さだ。それを信じなければ変幻する現実は生きられない。そう思うことが私の書くことの原点だった。

そう思って、世の中のいろんな事件について、自分なりに感じたことを文章にして、そして一冊の本にまとめてみた。これを近藤君に贈るね。一九九九年の現時点での私の世界に対する思いだ。ぼんやりと曖昧に私の目に映る現実を言葉に置き換えてみた。そしたら本当と嘘が混ぜっこぜになってしまった。でも、私にとって、この本に描いた世界はとてもリアルなんだ。

言葉にしたとたん、現実はもう姿を変える。私は茫然としてる。でも、それでも書いていこうと思う。私なりのリアルを。

じゃあね。またね。

一九九九年一一月七日　田口ランディ

この作品は一九九九年十二月晶文社より刊行されたものです。

もう消費《しょうひ》すら快楽《かいらく》じゃない彼女《かのじょ》へ

田口《たぐち》ランディ

平成14年2月25日　初版発行
平成15年4月25日　4版発行

発行者――見城 徹
発行所――株式会社幻冬舎
〒151-0051東京都渋谷区千駄ヶ谷4-9-7
電話　03(5411)6222(営業)
　　　03(5411)6211(編集)
　　　振替00120-8-767643
印刷・製本―図書印刷株式会社
装丁者――高橋雅之

幻冬舎文庫

ISBN4-344-40197-2　C0195　た-12-6